BIS ALLES BRENNT

HÉLÈNE LAURAIN

BIS ALLES BRENNT

ROMAN

AUS DEM FRANZÖSISCHEN VON ISABEL KUPSKI

AZUR

Für Alex und Aida

Dieses heißt Schicksal: gegenüber sein
und nichts als das und immer gegenüber.

Rainer Maria Rilke,
Duineser Elegien

noch oft träume ich davon
ich steige als Letzte in den weißen Lieferwagen
wenn sich unsere Blicke treffen lächeln wir nervös
Taupes Gesicht leuchtet gelb von ihrem 3310
tipp tipp tipp

sie wird angerufen
ihr Klingelton ist diese Mozartsinfonie weißt schon
Taupe sagt OK und legt auf
Alles klar Anruf ging durch ruft Taupe in die Runde
los Beeilung
ich betrachte uns in den orangenen
Guantanamo-Astronauten-Overalls
Nur noch ein oder zwei Minuten sagt Fauteur am Lenkrad
ich muss dringend pissen
wippe mit dem Knie dagegen an
Taupe hält mich rabiat davon ab
Wird schon atme sagt sie zu mir
das ist ein Befehl keine Beruhigung
ich atme
niemand sagt etwas
und wir sehen sie von Weitem
die Silhouetten
dreckig sogar in der Nacht
die Kühltürme
weiche Sanduhren
und Rauchschwaden
immer
wieder Taupe die mir jetzt lauter zuruft
Halt dich bereit
nimm die Leiter nimm die Leiter
jeder hat sein Werkzeug in der Hand
sie den Trennschleifer
Dédé die Flachzange
Thelma die Kombizange
Jona den Teppichboden
Fauteur das Banner auf dem Sitz neben ihm
er bremst und gerät ins Schleudern

Raus raus schreit jemand mir zu
ich öffne die Hecktür von außen springe rein lass die Leiter rausgleiten
Taupes Tasche fällt dabei runter Scheiße pass auf
ich ramme mir die Nägel in den Daumen es blutet
wir haben wenige Minuten um reinzukommen
Thelma beginnt panisch zu werden
Das ist das Gebäude stimmts hä das ist es hä fragt sie
das erste Gitter nehmen wir über die Leiter wie geplant
wir drücken den Teppichboden gegen den Stacheldraht
gleiten drüber hinweg
einfach so
wir sammeln uns auf der anderen Seite ein wie Scheißhaufen
nur Dédé rappelt sich mühsam auf es klappt es funktioniert
in etwa einer Minute sind wir alle drüben
wir müssen
das zweite Gitter öffnen
Taupes Trennschleifer und dann die Zangen von beiden Seiten
vergrößern das Loch
butterweich
von nun an
ist jede Bewegung klar
Schnell schnell schnell brüllt Taupe man hört Polizeisirenen
wir pressen den Teppichboden gegen die Lochinnenseite
gleiten durch
da sagt Taupe Scheiße und fasst sich ans Ohr aber keine Zeit
Banner das Banner Beeilung
wir stellen uns auf wie besprochen ich zwischen
Taupe und Fauteur
wir rollen es aus für unsere Drohne

GRÜNER FUROR
TSCHERNOBYL, FUKUSHIMA … FICKANGE?

hinter uns kramen Thelma und Dédé das Feuerwerk aus ihren Rücksäcken
Thelma zieht eine Wir-sollten-nicht-hier-sein-Visage
Jonas Gesicht zuckt voll nervös
die Kumpels konnten die Bullen nicht aufhalten die aus
ihrem ins Schleudern geratenen Wagen raussprangen
die Bullen wissen dass wir es sind
Olivier hat angerufen um sie zu warnen
eigentlich müssten sie es wissen
sie öffnen das erste Gitter
wir mit unserem Banner nur drei Meter von ihnen entfernt
und über unseren Köpfen beginnt es zu knattern
violette Bomben
meerblaue Sträuße
blaugrüne Glut
Kaskaden
Sonnen
Pailletten
golden golden golden
sieht aus
wie ein bunter Lichtaufzug auf der versifften Fassade
und all das
genau neben dem Abklingbecken
krachende Explosionen und schriller Beschuss
Geräusche die man nur zu gut kennt
von der Zuckerwatte und den Desperados
das weckt Erinnerungen
an den Sommer
die Nacht
sogar bei den Bullen
und all die Sterne
spiegeln sich in den Uniformen
und der Lärm legt sich über ihre Stimmen

ihre Gesten
ich lache
beendet von Taupes Schlag auf meinen Hinterkopf
Laeti oh
die Bullen haben schließlich das erste Tor geöffnet
ich pinkle ein bisschen als ich sie das zweite öffnen sehe
Adrenalin
wir werfen die Hände in die Luft
wir sind keine Cowboys
sie stürzen sich trotzdem auf uns
bam Kopf auf den Boden ich pinkle mich schließlich komplett ein
die letzte Rakete wird von einem einer oder jemand anderem abgeschossen
BOUM die Trauerweide
die Polizistenschultern saugen den schallenden Stoß auf
gleichzeitig
tanzen sie
das Licht zeichnet etwas auf ihre Gesichter
zu viert zerren sie mich weg
Mein Schuh schreie ich
Scheiße
mir fehlt ein Schuh
mein Schuh am Boden schreie ich
eine Ohrfeige auf Mund/Nase
Mein Schuh flüstere ich
sie schleudern mich in den Einsatzwagen Schnauze brüllen sie ich sitze
wie ein Elendshäufchen
und die anderen Kumpels neben mir Elendshäufchen ich spüre
wie sie zittern
innerlich ziemlich jubilierend
im Stillen
wie sollte man sich da nicht lebendig fühlen
Thelma macht ein Das-war-nun-keine-Spaß-Nummer-Gesicht

Fauteur jetzt mir gegenüber
von einem Transporter zum anderen
sehen wir uns an
seine Miene macht mir Mut
ich denke
sie haben die Polizei
wir ein dickes Fell
ich lächle ihm zu
ich habe Angst
unterwegs zur Festnahme
das war ein schönes Feuerwerk

Ekzem: an der linken Hand bis zum Mittelfinger

heute bin ich früh in La Crasse
als ich ankam habe ich
eine Taube zertreten
träumte ich oder zitterte ihr Flügel noch
Balec führt sein Interview
mit der Journalistin von terrepourtous.fr
er ist mit ihr
draußen
er wirkt stolz belehrt sie
kommentiert zufrieden
Snowhall von Thermes-les-Bains
Schussfahrt ins Vergnügen

Stunden haben wir gebrainstormt
für dieses Aushängeschild
schließlich mussten wir
die erste Idee von Balec nehmen
sie treten in die Halle
Balec bleibt dort stehen damit ihn jeder sieht
er hat offenbar die ganze Nacht an den Formulierungen gefeilt
ich mache den Empfang
durch die Scheibe sehe ich die Piste
leer
mit künstlichem Schnee versehen
ich beobachte ihn
wie er seinen gebeugten Körper bewegt
ich verstehe Bruchstücke

Sehr exklusiv
empfängt eine Indoor Skipiste
von 620 Meter Länge
aus Auckland Dubai Madrid La Haye Shanghai Barcelona
glücklich die Hochofenschlacke
aufgehäuft zu haben
unter dem Schnee
wie auch über die Aufwertung des Images der Gegend beim
Vorhaben einer visionären Nähe
der schönen Seite
zur französischen Ski Alpinmannschaft die
trotz des falschen Prozesses in dem wir uns befinden
weniger umweltschädlich ist als ein fetter Pool
die Zukunftsdisziplin

er schüttelt der Journalistin die Hand
stößt mit geröteten Wangen zu uns

stützt sich als wäre nichts gewesen auf den Empfangstresen
gleichgültig
Und das Arsen der Asbest und das Blei
die verpestete Luft die wir atmen
darüber redest du das nächste Mal frage ich
er schnieft
Laetitia
ah Laetitia
mit ihrer gerunzelten Monobraue da
sieht fast aus wie ein Löckchen
hör mal auf mit dem Quatsch
das ist ein Gerücht um weniger zu arbeiten
glaubst du sie ließen uns hier malochen wenn da Arsen wär
du bist das Arsen
also los sagt er und setzt sich in Bewegung

beim Verlassen der Arbeit
ist die Taube neben der Tür
nunmehr weniger als ein Crêpe
maximal 5 Millimeter dick

zurück im La Cave
um Nick Cave zu hören
Wegen des Wortspiels fragte mich Fauteur auf Signal
Im Moment
höre ich nicht nur ausschließlich Nick Cave

ich sehe auch nur einen Film
Wild Plants von Nicolas Humbert
nochmal und nochmal und nochmal schrieb ich ihm
ich sagte ihm nicht dass all das
all das Schönheit bedeutet *safe*
jedes Mal bringen mich diese Bilder dazu
an Mémou zu denken
und ihren Satz über die Schönheit
wenn alles Scheiße ist gibt's Pépou der seine Karre wäscht
jeden Abend um 18:30
und ich brüll ihm durch das Kellerfenster zu
Beregnung verboten schon mal was von Gluthitze gehört
er versteht es so wahnsinnig gut nicht zu hören
man könnte meinen er hört wirklich nicht
wie nichts poliert er mit seinem Lederschwamm
er ist gealtert das sieht man an seinen Schläfen

schon seit Monaten warten wir auf das Urteil
bis dahin
ist es uns verboten uns zu sehen
anscheinend sind wir eine Vereinigung
eine Vereinigung von Übeltätern
wir würden
Feuerwerke abfeuern und anderes
noch Schlimmeres
es heißt

ich habe kein Recht mehr in Kontakt
zu treten mit Fauteur
und all den anderen
und umgekehrt
seit dem Feuer
haben wir uns nicht mehr gesehen
theoretisch haben wir das Recht weiter
aktiv zu sein
aber wie soll man wissen
ob jemand den ich nicht kontaktieren darf
die Absicht hat an demselben Treffen wie ich teilzunehmen
wir haben dennoch einen Weg gefunden
dank der Infos eines Außenstehenden
zu den Treffen hinzugehen
abwechselnd
alle zwei Stunden
um uns nie über den Weg zu laufen
theoretisch
hätte ich das Recht gehabt zu Dédés Beerdigung zu gehen
meines Freundes Dédé
unseres Freundes
bereits während des Feuerwerks ist er krepiert
an Bauchspeicheldrüsenkrebs
aber wer weiß welchem Übeltäter
ich über den Weg gelaufen wäre
keiner von uns weiß was das konkret
bedeutet
ein Übeltäter zu sein
man wird nicht als Übeltäter geboren
man wird es
die die uns anklagen wissen das
nicht einmal wirklich

darin liegt der ganze Vorteil
man kann auf
demselben Gehsteig stehen
kann dieselbe
Luft atmen
kann dasselbe Essen
essen
im selben Raum
in Abständen von ein paar Stunden
dieselben Menschen treffen
dieselben Beruhigungspillen nehmen
auf demselben Klo scheißen
man kann dieselben Bücher lesen
dieselbe Radiosendung hören
und wenn ich in der Nacht aufschrecke
in derselben Sekunde wie Fauteur
und wenn mein Herz
schneller schlägt weil ein Polizeiwagen
bei mir vorbeifährt
so wie er
verschärft sich dann
mein Fall
wenn ich beim Knarzen der Treppe
mit den Zähnen knirsche
ist es verdächtig
wird das festgehalten
wie die Demonstrationen
die Anrufe
die SMS
die Bewegungen
die E-Mails
bei der Festnahme haben sie gesagt

dass sie mich kennen
dass sie wissen wer ich bin
der Polizist machte dieses gierige
Gesicht
mich
endlich
kennenlernen zu können
sie sagten dass ich ziemlich leicht
zu durchschauen
dass ich eine instabile Persönlichkeit sei
mit anormalen narzisstischen Zügen
und dass ich in meinen manischen Phasen
– die Polizistenfinger setzten Anführungszeichen –
ein hohes Maß an Aggressivität
an den Tag legen würde
ich sagte nichts
ich glaube dass mein Anwalt an meiner Stelle sprach
mit meinen Fingern schlug ich
F A F A F A F A F A F A mit der rechten Hand
A C A C A C A C mit der linken Hand an
Philip Glass
Opening n°I
gleichzeitig
dachte ich an
scold's bridle
das Zaumzeug für Megären
eine Eisenmaske
im besten Falle
ein einfaches Gestell
im schlimmsten eine Narrenkappe
mit bösen oder verschämten Zügen
versehen mit einem Riegel der in den Mund eindringt

die Zunge zusammenpresst
oder sie gegen den Gaumen hochdrückt
manchmal mit einem Dorn für die besonders Aufsässigen
zum Schweigen bringt
andere Möglichkeit
ein Glöckchen
damit die Megäre unterwegs auf den Straßen
wie an der Leine
ihres Ehemanns
schneller geortet wird
um sie bespucken und
beschimpfen zu können
ohne Gefahr eines Einwands
ich fragte mich was besser wäre
das
oder das was mich erwartete
und ich stieß ein schwaches Lachen aus
was man mir mit einem
Das bringt sie zum Lachen Mademoiselle beglich
Madame entgegnete ich
ich fragte mich ob
trotz der Vorsichtsmaßnahmen
das Feuer
sie wussten dass wir eins planten
ob das für sie eine Leckerei war
obendrein
etwas zu beißen
sie fügten hinzu dass all das
gefährlich sei
und angesichts meiner Zerbrechlichkeit
es besser
für mich wäre zu sagen

wer das organisiert hätte dass ich auch niemanden vergesse
das wäre der einzige Weg mich zu retten
sie fügten hinzu dass sie mir
rund um die Uhr folgten dass sie wüssten
wo ich einkaufe
welche meine Laufstrecke sei
wann und wie oft ich joggte
wo ich meine Slips kaufte
- Bei Petit Bateau
du weißt dieselben Unterhosen wie deine Großmutter -
sie hatten gegluckst
wenn ich daran zurückdenke
ist es als hätten sie alle zusammen gesprochen
wie aus einem Mund
eintönig
obwohl
nur einer der beiden sprach
er sagte wir sind
wir haben
der andere begnügte sich damit
zu blinzeln
und ich betrachtete ihn
ein dicker Typ
buttermilchgenährt
eine Miene unentwegt erstaunt
ich stellte mir das Foto seiner Enkelkinder vor
geneigt auf seinem Schreibtisch
ja ihn betrachtete
ich manchmal
sie wussten
welche Musik ich hörte
wem ich E-Mails schrieb

und sogar was drinstand
welche Noten ich im Abitur hatte
- Madame Superhirn -
sie fügten hinzu
dass sie mich seit einem Jahr abhörten
dass sie hörten
wenn ich Fauteur vögelte
dass ich Balec vögelte
sie schwiegen und ihre Münder lächelten
sie hörten auch
die Mémou zugeflüsterten
göttlichen Wörter
mein Angeschnauze mit Der Schwester
mein Schweigen mit Pépou
sie sagten
dass sie alles wüssten
was sich schreiben ließe
alles
was sich hören ließe

zwangsläufig
haben sie also
die Stelle von *Wild Plants* gehört
die Mémou und ich ständig schauten
die Stelle in der ein junger Mann
sich bückt etwas aufsammelt und sagt
Diese Birne
schmeckt nach zerfallenem Haus
und fortfährt
dass er eines Morgens Arbeiter sah die wollten
sollten
das Haus zerstören und den Baum fällen

Ich bitte sie nur eine Birne zu probieren
sagte er zu ihnen
am Abend als er von der Arbeit zurückkam
war das Haus nicht mehr da aber der Baum
ja
so wusste er dass sie eine Birne
probiert hatten

das letzte Mal
als Mémou und ich zusammen diese Stelle
sahen
sagte sie abschließend
bevor sie den Kopf zur Wand
drehte
Man sollte trotz allem versuchen das Schöne zu sehen
in all dieser Scheiße

im La Cave
jeden Abend
wenn die Stille
sich auf das Haus legt
spule ich innerlich den Film
vom Feuerfest
mit den Freunden ab
ich schneide Petersilie Koriander Sellerie
Jona hackt die Schalotten den Knoblauch klein

er hat die Taucherbrille aufgesetzt um nicht zu weinen
Thelma zerdrückt mit der Gabel
die Avocado zu Brei
sie lässt ein paar Stückchen zurück beträufelt die zartgrüne Masse
mit Zitrone zerdrücktem Knoblauch Paprika
wie immer summt sie brasilianische Musik
es gibt
jene die nicht anders können als jede Zutat zu probieren
die anderen die ihnen auf die Finger klopfen
jene die kochen jene die eher abwaschen
jene die lieber abtrocknen
jene die immer zu spät kommen
man muss den inneren Schweinehund überwinden
um mühsam
die Diskussionen auseinanderzunehmen obwohl
wir doch unsere Wünsche unsere Hoffnungen unsere Ängste
auswendig kennen
sie seit einer gewissen Zeit zusammen formulieren
ich kümmere mich um den Hummus püriere die Hülsenfrüchte
gebe seidenweiches Tahin Salz Pfeffer Kumin hinzu
auch Zitrone und halte die Kerne mit meinen Fingern zurück
das brennt auf meinen abgekauten Nägeln
inzwischen hat jemand das frische Baguette geschnitten
die Dosen mit Pastete geöffnet
die Pelle von den dünnen Wurstscheiben entfernt
die Veggies sind pikiert die Fleischesser lachen
aus vollem Hals
während die Musik ihren Rhythmus vorgibt
man weiß gar nicht wann sie angefangen hat
sie zerfließt leise in der Luft
während wir schälen schnippeln kochen
schleichen sich bekannte Lieder

in uns hinein
bestimmen das Tempo unserer Bewegungen
die sich entfesseln oder im Gegenteil
die Lieder mithämmern
die wir tausendmal gehört haben
und immer wieder hören
Run away
Turn away
Run away
Turn away
wir atmen fast abgehackt ein und aus
zu den aufdringlichen Bässen
den klirrenden Glöckchen
den synkopischen Synthesizern
dem zarten Klatschen
wir gestalten unsere Choreografie ohne Absprache
wippen rhythmisch mit dem Kopf
lassen uns im Einvernehmen dahingleiten
den Taumel der Bässe langsam anschwellen
jemand hat den Ton lauter gestellt
ich röste die Mandeln die Pinienkerne
atme ihren buttrigen Duft ein
beträufle das Tahin mit Olivenöl
extra vierge
Fauteur steht jetzt neben mir
diesen Abend gehört er zum Team ich blühe auf
als alles fertig ist
streifen wir uns beachten uns nicht
er fragt ob genug Salz im Humus ist
er führt den Löffel in meiner Hand zu seinem Mund
wir beide zusammen
geben uns unendlich dieser Geste hin

spüren die wachsame Präsenz von Oph
in einer Ecke
I try and laugh about it
Hiding the tears in my eyes
Because boys don't cry
um die Vollkommenheit des Moments zu spüren muss man
sich von der Atmung der Gruppe tragen lassen
Übereinstimmung und Verhängnis
die Gewissheit dass jeder tut was er tun muss
man muss
Vertrauen aufbringen für das kommende Fest
etwas Unerschütterliches Unfehlbares
diesen Abend besiegeln wir den Pakt des Feuers
das in ein paar Monaten stattfinden wird
bei einem Bankett
wir brauchen diese gemeinsame Choreografie
müssen die letzte Kugel an Vernunft zum Schmelzen bringen
uns in den ersten Tanz stürzen
jemand hat die Musik noch lauter gedreht
Thelma setzt ihre Kopfhörer auf folgt dem eigenen Rhythmus
einer von uns muss die Tanzfläche einweihen
ein 1664 in der einen Hand eine Selbstgedrehte in der anderen
mit halbgeschlossenen Augen gehe ich voran
tue teilnahmslos
ich wiege mich erzwinge meine Gleichgültigkeit
eigne sie mir an
wenn auch nur für wenige Sekunden
mache weiter sogar allein auf der Tanzfläche
ich spüre den Alkohol in mich einsickern
jede meiner Zellen kitzeln
das Opium der Gehemmten
die Entspannung die er mit sich bringt

das Kribbeln im Unterleib die Geschmeidigkeit der Glieder
mit ihm in meinem Blut bin ich
so normal wie nie
im Vergleich
zu den anderen
For fear your grace should fall
Let's dance
tanzend nähere ich mich dem Kreis der Tütenraucher
- Fauteur Oph Jona -
plumpse auf
den ein oder anderen hingefläzt auf den synthetischen
Pelzen
die nach Katze riechen
ungewollt berühren sich leicht unsere Füße
die Artengo-Socken von Fauteur die weißen Adidas von Jona
die rosa mit lila Punkten von Oph und meine unpassenden
schwarzen Söckchen
wir reden nicht geben nur die Tüte weiter beobachten uns
wir flüstern Worte nicken rhythmisch mit dem Kopf
halten uns für stilvoll im wabernden Rauch
kommentieren schlaff die Dummheiten der anderen
die sich nunmehr trauen in die Arena
zu steigen
Reach out and touch faith
Your own personal Jesus
Someone to hear your prayers
Someone who cares
für einen Moment gucken wir
überlegen
das dauert nur kurz die Frage stellt sich nicht mehr
die Zeit dehnt sich aus
Maria und Love knutschen

wie jedes Mal
ich fühle mich jetzt wie in Watte
ich lache über die halbgeschlossenen Augen der anderen
Fauteurs Augen sind so noch mandelförmiger
man möchte die Fältchen drumherum küssen
das fettige Augenlied oder die trockenen Schläfen
auf dem Tisch dampfen Quiches
rote Beete Mangold
Munster-Kartoffeln
Flammkuchen
außerdem gibt es La Chouffe
das Bon Poison das Malacourt
das Goudale auch die belgischen
Leffe Karmeliet Chimay
und dann die Billigeren
wie immer
Heineken das 16
perfekt und um es abzurunden
schnappe ich mir die Tüte stehe auf
der Boden erscheint leicht geneigt
eine Murmel würde rollen rollen bis gegen die Wand
würde ihre Reise bis in eine Ecke des Zimmers fortsetzen
jemand hat ein Stroboskop mitgebracht es wird weiß
schwarz
weiß
rhythmisch hechelt das Licht
ich trinke Wasser aus dem Hahn
es ist kühl
ich behalte es in den Backen
spucke es über Taupes Rücken aus die total dicht ist
sie steht auf einem Korbstuhl
sie muss immer

im Mittelpunkt sein immer über den anderen
sie hebt langsam ein Bein und schlägt es über das andere
hält sich mit einer Hand die Nase zu
Seht her ich stehe schreit sie mit näselnder Stimme
ich habs Euch gesagt Bastarde
niemand hört ihr zu
Cause it's a bittersweet symphony
That's life
Trying to make ends meet
You're a slave to the money then you die
Dédé grinst mir zu und schüttelt den Kopf
jemand hat die Musik noch weiter hochgedreht
Taupe und ihr schöner massiger Körper
ihr vertrauensvoller Körper
kompakt und stabil
Taupe und ihr Körper liegen am Boden
und beobachten Dédé beim Tanzen
Los Dédé sagt sie
gib alles
ich stolpere über sie
in einem Mundwinkel nimmt sie Bier entgegen fängt es
mit der Zungenspitze auf lacht
Some of them want to use you
Some of them want to abuse you
ich schließe die Augen ich tanze jetzt wie ein Roboter
die anderen verschwinden
wir vergessen uns zu demselben Rhythmus
Dédé hat sein T-Shirt hochgezogen
er malt mit rotem Lippenstift ein Gesicht auf seinen weichen Bauch
bringt dieses Gesicht mit seinen wulstigen Händen zum Tanzen
der behaarte Mund singt die Lieder
ausgelassene Rufe werden von den Rhythmen erstickt

Los Dédé
Telefone verlassen die Taschen
ermüden schnell
seine Wampe wogt zu seinen Bewegungen
unbefangen schwingt er die Hüften
gleichgültig angesichts des Gespötts seines Körpers der ihn in ein paar Monaten
fallen lassen wird
sein Bauch ein Haufen hellen Fleisches
er feiert seinen lebendigen Körper
seinen anmutigen erstaunlich sensiblen Körper
mit den Händen auf den Hüften kreist er das Becken
ich nähere mich ihm von hinten
puste ihm Rauch auf die Wange
reibe mich an seinem mächtigen Hintern
passe mich seinen Bewegungen an
versenke meine Hände in sein Fleisch
knete es sanft
verforme das fleischige Gesicht aus rotem Lippenstift
ich will vor allem dass Fauteur mich sieht
und genieße den zarten Kontakt
Dédé begrüßt meine angepassten Bewegungen
I have to praise you like I should
ich löse mich schwitzend und lachend
meine Finger hinterlassen einen Abdruck auf seinem Bauch
ich bewege mich so gut es geht Richtung Tisch
weiß
schwarz
weiß
sehe eine Zitrone beiße rein schreie auf
Fauteur und Oph wärmen sich in einer Ecke
ich gieße mir einen Tequila ein

einen weiteren für Dédé
Hier mein Dédé
die Zunge zwischen den Fingern mit dem Salz und der Zitrone
Salz eiskalten Alkohol Zitrone
ziehen wir uns ächzend rein
ich hole weitere Schnapsgläser aus dem Gefrierfach
verbrenne mir die Finger am Eis
gieße zwei drei weitere Tequila ein
gebe einen der hingestreckten Thelma die den Zauberwürfel
auf ihrem Sechs-Monate-Bauch ablegt
einen Fauteur
einen Taupe wir kippen ihn zusammen in einem Zug runter
ich schiebe mir zwischen zwei Kurzen ein Stück Munster-Kartoffel-Tarte in den Mund
hinter meinen fettigen Lippen
wird mein Körper immer noch nicht schwerer
steigert eher seine Energie
You're my river running high
Run deep run wild
I follow I follow you
Deep sea baby I follow you
alle sind auf der Tanzfläche
in der Duftwolke von Wurst Munsterkäse Bier
jemand öffnet die Tür ein leichter Windzug umgibt uns
wir hopsen biegen schütteln uns
wir nähern berühren streicheln uns
Taupe hat sich am Boden ausgetreckt Tequila reingepfiffen
sie scheint nun zu schlafen
in ihrer Hand ein Terminkalender und ein Feuerzeug
Dédés Blick geht jetzt ins Leere
er sitzt auf der Kante des Korbstuhls
sein Catogan durchgeschwitzt sein T-Shirt überm Bauch zerknittert

The dog days are over
The dog days are done
The horses are coming
So you better run
Thelma tanzt jetzt Samba eine Hand auf dem Unterbauch
Kopfhörer auf den Ohren
plötzlich nistet sich Übelkeit in meiner Speiseröhre ein
im fleckigen Spiegel in Taupes Wohnzimmer
steht mein Spiegelbild still
an Stelle meines Gesichts ein schwarzes Loch
weiß
schwarz
weiß
schwarz
weiß
ich bahne mir einen Weg mitten durch die Körper
renne förmlich zur Katzendecke
rolle mich zusammen um an mich zu halten
ich muss unbedingt
alles bei mir behalten die Flüssigkeiten das Heruntergeschlungene
das Feuer in mir behalten
das Nichts des Spiegelbilds vergessen
ich schließe die Augen
achte nicht auf das Schreien um mich herum
die Farbflecken auf den Augenlidern
meine Muskeln entspannen während die Party langsam
auseinanderfällt
ich blinzle und sehe
erschlaffte Körper auf den Stühlen
ins Koma gefallen
oder einfach schlapp
von Lustlosigkeit ausgebremst

die ewige Wiederholung derselben Bewegungen die
ein Fest ausmachen
die große Ablenkung der unendliche Aufschub
Krümel türmen sich auf dem klebrigen Boden
Sofas füllen sich
Love love is a verb
Love is a doing word
Feathers on my breath
Dédé und Taupe legen sich neben mich
einer der beiden breitet eine Decke über mir aus
krault sanft meinen Rücken
ich sehe abgebrochene Zweige
einen Mann bedeckt mit Spiegeln
der unter der Sonne tanzt
von ihrem schnurrenden
Gemurmel schlafe ich ein

ich glotze mit Pépou die Tagesschau
Frauen pink und gelb gekleidet
die in Kirschbaumwipfeln zwitschern
kitzeln mit ihren Staubwedeln
Blumen
die Hühnerfedern
- manchmal nehmen sie
einen Zigarettenfilter
oder einen Reynolds Tintenkiller -

vorher eingetaucht
in frischen Blütenstaub
einer Kaugummipackung entnommen
die um ihren Hals hängt
sie erklären
Um fruchtbaren Blütenstaub männlichen Blumen zu entnehmen
muss man diese Blumen mit Hilfe einer
Zahnbürste vorsichtig bürsten
die gelben Samen in eine mit Zeitungspapier
ausgelegte Schachtel geben
sie dann unter einer Glühbirne
oder der Sonne
trocknen lassen
sie mahlen
- man sollte nicht den Fehler begehen
Blütenstaub zu kaufen
der schon beim Transport
seine Fruchtbarkeit verliert -
dann
schnell
auf die Bäume klettern
singend
streichelnd
man nennt sie auch die Wipfeltänzerinnen
das ist folkloristischer
weniger albtraumhaft
sie gehen alle zwei Wochen so vor
Das hilft den Bäumen größere Früchte zu tragen
sagt die eine lächelnd
der Chef mit Sonnenbrille nickt dazu
Zugegeben
das ist viel teurer als eine Bienenzucht zu mieten

die Bienenfrauen
kosten 11 € am Tag
dazu kommen Mittag- und Abendessen
aber es ist viel rentabler
schlussfolgert die Sonnenbrille
manche haben in den mehr als zwanzig Jahren Praxis
eine schöne Fingerfertigkeit entwickelt
Ursachen des Verschwindens der Bienen
sind vor allem der Rückgang des Waldes
und der intensive Einsatz von Pflanzenschutzmitteln
manche verweisen sogar auf
die systematische Vernichtung der Spatzen
infolge des Großen Sprungs nach vorn
genauer
der Vier-Schädlingskampagne
gegen die Ratten
Fliegen
Mücken
Spatzen
habe die Auslöschung Letzterer
zur Vermehrung der Insekten geführt
die ihrerseits auszulöschen waren
wobei
diese These von keinem einzigen
Wissenschaftler bestätigt worden ist

auf dem Kunstledersofa im la Cave
überfliege ich die alten Nachrichten von Fauteur
auf meinem Telefon

13. April 2016 um 00:27
Keine Kinder nicht das Schlechteste
worauf ich nicht geantwortet habe
sicher war er wieder mit La Chouffe abgefüllt
scheiß Angewohnheit
er schrieb mir oft

als Fauteur
mir davon erzählte
verfiel er erst in Schweigen
und teilte dann in seiner
singenden Stimme diese Geschichte
mit mir
als wäre ich die Einzige
überhaupt
die das Recht hatte sie zu hören
als würde er sie zum letzten Mal
erzählen
er erzählte
was er gesehen hatte

was er gehört hatte
in Boudin
seit zwanzig Jahren ging er ab und zu dorthin
das war ein alter Kampf
es fing mit
den Kartoffeln des Widerstands an
gepflanzt auf den Feldern von Vulcatom erworben
einem Unternehmen das mit radioaktivem Müll handelte
am Anfang
und als er wiederkam
sah er das renovierte
Kampfhaus
von mehreren Leuten gekauft
und von noch mehr Leuten renoviert
eine Scheune
darin eine Anarchie
nützlicher Dinge
Fahrräder Stricke Matratzen
ineinander verheddert
Wehrgehänge Gasmasken
Akkordeons
und es klappte
dank geliehener Autos auch geliehenen Geldes
behelfsmäßig
Möhren gegen Lauch und immer ein dampfender
Kaffee
er nahm an ein paar
zu langen
Treffen teil
unter bunt zusammengewürfelten Plakaten
von Feministinnen Antispeziesisten Tierzüchtern
gewaltfrei anarchistisch katholisch

hörte und sah
eingeladene Wissenschaftler
benachbarte Zirkusleute
Fotoausstellungen
eiskalte Winter
teilte
das frische Gemüse aus dem Garten
der Permakultur
er verbrachte ein paar Tage
und ein paar Nächte im Haus
lernte
den Mondzyklus
den Wachstumsrhythmus
die Namen der heimischen Vögel
kochte
Eintöpfe
merkte sich
deutsche Begriffe die ihnen ein Typ - Max oder Niels -
beibrachte
zivilcourage umwelt
unmöglich angst
ging
Liebeleien nach
und später
als Vulcatom den Ledoux-Wald einnahm
den Wald
einnahm und fällte
- ideal um dort die
gasförmigen Abfälle
des Zukunftsprojekts abzuladen -
Baum für Baum
Blatt für Blatt kahl scherte

Fauteur war schon nicht mehr
in Boudin
aufgebrochen zu einem anderen Kampf
zum Staudamm von Marcœil
erfuhr er bei seiner Rückkehr dass
die FreundInnen die Absperrungen
mit Traktoren der Landwirte platt gemacht
im Bauschutt Bäume gepflanzt
einen Innenhof angelegt
Hütten errichtet hatten
er erfuhr
wie sie einen Monat später
vertrieben worden waren
sogleich
hatte die Polizei
Gesichter Hände Arme versengt
dann eine Mauer
hochgezogen
um den Wald einzuschließen

nur einen Monat
später
wurde Vulcatom wegen illegaler Rodung
Verstoß gegen das Forstgesetz
verurteilt

die Mauer
hatten sie dieses Mal
gut eingerissen
Fauteur war da
Fauteur sagte mir
dass er dabei war

am schönsten Tag
vieler Leben
seine Stimme zitterte
ich erschauderte
verlegen
auch er hatte
Bretter Paletten
rausgerissen und weggeschleppt
um Hütten zu bauen
sich Holzsplitter ins Fleisch
seiner dicken Finger gerammt
bevor er sie
zum Mund führte
dann fröhlich
weitergemacht
alles wiederverwertet
aber alles stabil
sobald sie was zum Sitzen gebaut hatten
teilten sie alles
die Waldpilz-Pfannen
den Buchweizenbrei
abends den Weißdorntee
morgens den Mate
in Tassen und Bols
mit den Spuren
anderer Münder
Fauteur erzählte wie jeder
seine Lippen ansetzte
und trank
aß
mit den Löffeln aller
man lieh sich Bücher von Thoreau erzählte Fauteur weiter

und von Prévert
las sie sich lauthals von einer Hütte zur anderen vor
manchmal flatterten die Seiten
auf den Ledoux-Holzboden
man vergaß beinahe
die Feuchtigkeit
vor allem die Angst
zertrampelt zu werden
wie Kellerasseln
umgestoßen auseinandergetrieben
mitten in der Nacht
angst
ihre Hütten in Flammen
ihre Gesichter verbrennen zu sehen
zusammen mit dem Holz
vergast zu werden
mit Hartgummi beschossen
von Kampfstiefeln zertrampelt zu werden
Fauteur war da
er hatte die Lagerfeuer gesehen
die Alte gegrüßt
die ihren Hausschnaps
mitbrachte
in der Badewanne angesetzt
jeden Abend in ihrem Weidekorb
den Mirabellenlikör
die Alte blieb zum
Tanzen
Singen
sie hatte sogar geholfen
die Mauer zu zerstören
die Alte

war auf dem Bauschutt gestürzt
hatte gelacht geweint
ja das hatte sie getan
auch
die Bewohner der Nachbardörfer
deren Misstrauen langsam
dahinschmolz
als sie sahen dass man sich
um ihre Bäume sorgte
ihre Vögel
ihre Felder
die Summe all dessen war
eine Reihung an Momenten
rückwirkend perfektioniert
- oben in den Bäumen
wurde ein Baby geboren -
und dann war der Winter da
der Utopie
war langsam
die Luft ausgegangen
sie hatte sich schließlich
zwischen den Wurzeln
aufgelöst
die Feuchtigkeit
und die Angst
hatten ihn davongetragen
Fauteur war verschwunden
ungefähr sechs Monate
vor dem Feuer
waren wir uns begegnet
bei einem lokalen Treffen des Grünen Furors
sagte er er wolle

sich zurückziehen
sich ein wenig
hinlegen
still und leise er war schon
vierzig
er war bei Oph untergekommen
aber er hat sich nicht ausgeruht
nicht wirklich
das erste Feuer
hat er dann für mich gemacht
und ich es für ihn
um die Geschichte von Boudin
zusammen zu erhellen
das war eine wahre Geschichte
wie die Geschichte darüber was
uns glücklich machen könnte
die uns aber nie
gemeinsam zugänglich wäre
zu ermüdend für ihn
zu viel Gemeinschaft für mich
Du und ich
er hatte gesagt
dass das was uns verbindet
etwas viel
viel Glühenderes sei
wir können nur eine Zeitlang
so tun als ob
bis uns die Feuerslust
ereilt

man sah es an ihren
Polizeihänden
an ihrer faltenlosen Kleidung
an ihrer Gesichtsfarbe ähnlich der der Möbel
sie haben keine Ohren
für dieser Art Bericht
in den Schleimeraugen der Polizisten
gibt es solche Geschichten nicht
ich wollte es ihnen nicht erzählen
was ich sagen wollte war
zähflüssig
oder zu wichtig
um gesagt zu werden
wie Pépou
wusste ich es nie zu sagen

Ekzem diesen Morgen: 90% des Gesichts

überall Falten mit dem Marker gezogene Runzeln
und die Haut immer noch so blass
fast gelb
wie die Glühbirne im La Cave
als wäre Halloween
morgen habe ich Geburtstag

das heißt wir haben Geburtstag
der ganz gewöhnliche Budenzauber
eilt nicht auf ihre ausweichenden Blicke
zu treffen bloß nicht in meine Visage sehen
und dann noch
Die Schwester
die uns mit ihrer Präsenz beehrt

Der Kahle ist heute wieder
bei La Crasse vorbeigekommen
in seinem gelb-grünen Skianzug aus den Achtzigern
er kommt die Piste runter
und als er vor mir anhält sagt er
Oha um Haaresbreite
und setzt triumphal
seine Mütze ab
Nee ich spinne Augenzwinkern
und ich sage
Im Ernst jetzt
Wie bitte fragt Der Kahle erstaunt
Zum dritten Mal dass du mir damit kommst antworte ich
Balec funkt dazwischen mit seiner Treiberstimme Vorwärts
bitte Monsieur
dabei ist hier wie üblich sonst niemand
und Der Kahle der mich nicht wirklich verstanden hat gehorcht
Sei bloß vorsichtig Laeti

entgegnet mir Balec und rückt näher
Glücklicherweise bin ich hier
er tätschelt im Vorbeigehen meine Hüfte
Ich heiße Laetitia
und hör auf mich anzufassen
er erstarrt und grinst
zwischen seinen Zähnen Mohnkrümel
Komm mit
er geht in sein Büro direkt hinter dem Empfang
ich folge ihm und stolpere über die Schneeklumpen
als ich reinkomme sitzt er schon
mit gefalteten Händen und gesenktem Blick
Laeti
muss ich daran erinnern
wer hier der Manager ist
er wartet
ich sage nichts
ich lächle
immer noch nichts
Ich bin der Manager sagt er
feierlich
Vielleicht wird dir das die Lohnkürzung
beim nächsten Mal
in Erinnerung rufen
Na los sage ich
kürz mein Gehalt
die Maus in seiner Hand
die kleine Waffe
er bewegt sie unmerklich
hebt den Kopf
hält inne
klick

Bitteschön
spöttisches Mohnlächeln
Ah noch herzlichen Glückwunsch
er vergisst aber auch nichts dieser Arsch

Post-it n° 13

I feel what you feel
When you're far away
It's been a hundred days
Since I've kissed your face

am 26. April 1986
44 Minuten nach Mitternacht
kam ich auf der Entbindungsstation des Orangers zur Welt
3 Minuten vor Der Schwester
39 Minuten vor der Freisetzung
von 200 Hiroshima-Bomben
in 2108 Kilometer Entfernung
Milliarden an Milliarden Bequerel

Das ist super
jedes Jahr das Ereignis der
Tschernobyl-Generation zu feiern
sage ich zu Pépou kurz bevor
alle kommen
der Kuchen
ist mit rosa Marzipan überzogen
Laetitia & Margaux
mit flüssigem Zucker gespritzt
die *31* aus weißgoldenem Plastik
darunter Biskuitteig
und Erdbeermarmelade
und Erdbeermousse
diese Mousse bringt mich um
der Kuchen ist von Waffen
seit 31 Jahren der gleiche
Nichts wird sich jemals ändern sage ich laut
Nichts vergeht nichts entsteht alles verwandelt sich entgegnet Pépou
zusammenhangslos wie so oft
die Alten sind gekommen und wissen nicht was sagen
ich spüre wie sie meine Ekzem-Koteletten anstarren
Pépou kann sich nicht verkneifen von Mémou zu sprechen
Sie ist mit uns sagt er jedes Mal
und erhebt als Einziger sein Champagnerglas
als eine Träne aufsteigt
lege ich
einen Arm um ihn
bevor sie richtig zu fließen beginnt
Die Schwester tut es mir auf der anderen Seite nach
alle anderen sind peinlich berührt
niemand sagt etwas
wie üblich

selbst Mamipié weiß nicht was tun
für mich
ihr feuchter Blick ist unentwegt
auf mein Gesicht gerichtet
immer
betrachtet sie mich zu lange
Nur Mut mein Mädchen wirft sie mir im Gehen zu
ich sagte ihnen kein Geburtstag und doch feierten wir ihn
ich sagte ihnen kein Geschenk ich habe vier bekommen
in Weihnachtspapier verpackt
Reste vom letzten Jahr
das Komischste vielleicht
die Biografie von Nicolas Hulot
und die Hoffnung in den gezupften Augenbrauen Der Schwester
ich habe ihr eine
Stoppuhr geschenkt
eingraviert eine blumige Inschrift
Countdown zum Untergang
die fragilen Zeiger ticken
leise
Die Schwester hat geseufzt
später gibt sie ihren Senf dazu
ihre halbjährliche Anmerkung
Titi ich muss mit dir reden
hörst du mir zu oder nicht
dir fehlt Vitamin D das sieht man
im Frühjahr ist doch krass
sagt Die Schwester im Flur
und verschiebt den Gürtel ihres Leinenkleides
unmerklich
um eine dreiviertel Drehung
sie zieht die Backen ein um die hohen Wangenknochen

zu betonen
sie war schon immer viel zarter
viel schöner als ich
die Arme
das Handy in der Hand
immer schussbereit
Willst du nicht deinen Bunker verlassen und was anderes machen
wir haben alle kapiert dass du unglücklich bist
ich verziehe keine Miene ich weiß was kommt
Das ist lustig sage ich du ähnelst immer mehr Pépou
sie blickt auf
Wir sind Zwillinge weißt du
Zweieiige Zwillinge
Eineiige Zwillinge
Zweieiige
Ich habe deine Post-its im Keller gesehen fährt sie fort
willst du nicht damit aufhören
lebst du in einem Derrick oder was
du machst mir Angst
ich kratze an meiner Wange sie blutet sofort
reflexartig verzieht Die Schwester ihr Gesicht
ich gehe zurück in Den Bunker

als alle weg sind kommt Pépou
Setz deinen Kopfhörer ab sagt er
das wird schon mein Mädchen
seine Hand auf meiner Schulter
und schnieft

Die Schwester war von uns beiden
schon immer die weniger
Aufmerksame
die Post-its bilden ein Sternbild
sorgfältig angelegt
es gibt eine Spalte für das Ekzem
der Rest ist eine Wolke
in ständiger Wandlung
sie hat die einfachen oder doppelten Pfeile
nicht gesehen
nicht verstanden
die + und die -
mit Kreide gezogen
zwischen den aufeinander bezugnehmenden Post-its

eine andere Sache über die ich mit den Polizisten
nicht geredet habe
ist Boudin
sie glauben der Kampf beschränke sich auf die Kraftwerke
sie sind noch bescheuerter als sie aussehen
ich hätte
die Polizisten fast gefragt
Kennen sie diese
die Geschichte der drei Enarchen und der vier Polytechniker

in einer Sitzung
reden sie viel
und schreiben wenig
in ihrem Bericht an den obersten Chef
Wir befinden uns im Prozess
einer Aufwertung der ländlichen Regionen schreiben sie
Wir haben keine Kolonien mehr also werden wir die Scheiße
in den Arsch der Metropole schieben sagen sie
sie fragen sich
ob man nicht eine schön verkommene Gegend wählen sollte
um dort eine Lawine an Müll auszuschütten
welche würden sie
von den kurzerhand zu den Top 3 ernannten
Nord - Picardie - Lothringen wählen
sie stellen fest
dass sie alle eine Schwäche für Lothringen haben
eine Gegend
traurig wie ein leerer Kinosaal
bei laufender Vorführung
sie sagen sich
Mit der Stahlindustrie sind die an
Umweltverschmutzung gewohnt
die verkraften so einiges
null Resilienz
die Männer werden Interesse am
fast leeren Département La Meuse zeigen
genau auf der Diagonale du vide
dem schwarzen Loch
nur Bauern
und viel Arbeitslosigkeit
praktisch
die letzten harten Winter Frankreichs

daraus wird wenigstens keine Zone to Defend
zu kalt
Ja die Meuse stimmen alle zu
ein wahrer Grand-Est-Porn
wie man ihn liebt
sie werden den Bewohnern Gelegenheitsjobs anbieten
warum nicht auch Yogakurse und Meditation umsonst
damit sie verstehen dass sie allein verantwortlich
für ihr Glück sind
ihr hohler Zahn wird etwas zu beißen haben
einen müssten sie noch haben
und dann ist ihr Senator sehr motiviert
der Arme weiß nicht mal um was er betteln sollte
worüber die Männer konzertant lachen müssen
wie auch immer die Abfälle sind da
sie unter dem Teppich der Meuse verschwinden zu lassen
das ist
nur das Geringste
Wir werden ein Labor errichten schreiben sie in ihrem Bericht
und in einer öffentlichen Versammlung
sagen sie
Kein Grund zur Sorge
wir wollen nur ausloten
einige der Anwesenden werden ihre Stimmen erheben
und sich über
Durchlässigkeit der Tonerde
Brandrisiken
Lecks
Mülltransporte
das Unabänderliche erkundigen
die Männer
schlagen fachmännisch vor

die Debatte weniger hysterisch zu führen
gestisch begleitet von beiden Händen
die die Luft zusammendrücken
sie hätten ein Zauberwort
Pä.da.go.gik
die Tische sind aus Resopal
sie wollen bescheiden daherkommen
ihre Anzüge sitzen schlecht
sie werden Stollen Tunnel Senkkästen graben
und Statuen der Heiligen Barbara
zum Schutz
in den Alkoven aufstellen
sie werden aus den Nuklearabfällen Würste herstellen
umschlossen
von Kristallglas
oder rostfreiem Stahl
120 Jahre später
werden sie das Geschäft dichtmachen
das Empfangszentrum der Abfälle
den Laden
schließen
Hermetisch werden sie schreiben
ein Sarkophag
garantiert für immer
für die Ewigkeit
wie die Liebe
unterhalb von Boudin
neben den Granatsplittern
den Schädeln den Knochen der Frontsoldaten des Ersten Weltkriegs
werden auch die Würste aus radioaktivem Abfall liegen
Wir werden Kommissionen ins Leben rufen
»Erinnerung und Vermittlung« werden sie schreiben

man müsste tatsächlich nachdenken über
die Art der Kennzeichnung
dieses unverweslichen Mülls
des radioaktivsten ganz Frankreichs
für die nächsten Millionen Jahre
also
packt sie plötzlich
die Lust zur Poesie
sie ziehen in Betracht
die Informationen in eine Saphirplatte zu gravieren
Saphir ist schön
er ist blau
sie denken über
ewige Zeichnungen nach
aber im Grunde wissen sie ganz genau
dass sie Boudin dazu verdammen
von der Karte gestrichen zu werden
Wir werden jeden Schritt
mit der Bevölkerung abstimmen schreiben sie
zuerst werden sie sich diesen Namen aneignen
und ihn noch elendiger erscheinen lassen
dann
werden sie sich das Gebiet aneignen
Weiler
Dörfer
Häuser
Wälder
Felder
Boudin verschlingen
allemal unter einem ähnlichen Namen
Ziel ist nicht das Bestreben
die Strahlung einzukapseln

sondern ihren Austritt an die Oberfläche maximal zu verlangsamen
sie werden dem Rathaus von Boudin
und den umliegenden Dörfern
einen warmen Subventionsregen
von Hunderttausenden Euro anbieten
und entsprechend der Beeinflussbarkeit oder
der Verzweiflung der Bürgermeister
werden die Mediatheken und Waschhäuser mehr oder weniger
brandneu sein
in Boudin allein
werden es jedes Jahr
80 Seelen weniger
die Straßenlaternen sind
Leuchtdioden-Kandelaber
selten hat man so schöne Straßenlaternen
Bürgersteige und eine Kirche
in einem Geisterdorf gesehen
sie werden alles kaufen können
die Weiler
die Dörfer
die Häuser
die Wälder
die Felder
den guten Willen
das wird mehr oder weniger gut laufen
das wird schließlich so laufen
vor ihnen liegt eine Million Jahre
das wird ihr
Megaprojekt

Das Handwerk beherrschen die Massen zu beeindrucken heißt
das Handwerk beherrschen diese zu regieren
Pépous improvisierte Masterclass hat begonnen
das passiert ungefähr
zweimal die Woche
ganz allein beim Frühstück
das heißt ich bin auch noch da
heute morgen
wieder sagt er zu mir
Versuch es wenigstens noch mal ich gebe dir
dieses Mal
einen unbefristeten Arbeitsvertrag
ich zahle dir mehr als den Garantierten Mindestlohn
du kannst sogar halbtags arbeiten
du bist begabt
Public Relations ist dein Ding
ich hätte nicht darauf gewettet
aber es ist wirklich dein Ding
du kannst quatschen
bist aggressiv
du begreifst schnell
und ich brauche Hilfe ich bin überlastet
ich bin erschöpft
erschöpft
ich muss meine Mädchen finanziell abgesichert wissen
bei deiner Schwester ist das der Fall
du mit dem Strafregister das dir blüht
wirst nie wieder gute Arbeit finden
nur bei mir
wenn ich dich mir vorstelle

wenn ich dich mir jeden Tag eingesperrt in der Snowhall vorstelle
mit deinem Schal im August
im August ein Schal
das macht mich krank
wenn ich daran denke was deine Grundschullehrerin sagte
sie ist ein Genie
du konntest ihr Heft auf dem Kopf entziffern
Einser-Abi
und dann der Master
Außerdem noch Promotion korrigiere ich
Und eine Festanstellung nicht mal Garantierter Mindestlohn
Das heißt seit 50 Jahren Gesetzlicher Mindestlohn sage ich
ich versuch es noch mal Wenn du in einer Fahrgemeinschaft nach
Luxemburg fährst füge ich hinzu
aber er war schon wieder in seinen Gedanken
er hatte den Kragen seines rosa Hemdes hochgeklappt
wenn es stimmt dass er wirklich schwerhörig ist
würde das vieles erklären
er trägt maßgeschneiderte Hemden
reinigt aber seine Backenzähne mit dem Finger
bei jeder Mahlzeit
seine Kunden dürften sich wundern
übrigens betrachtet er neuerdings
danach seinen Finger
ich springe auf und fange an abzuräumen
als ich nach seinem Teller greife bemerke ich
dass er immer noch das Parfum auflegt das Mémou
liebte
Eau Sauvage von Dior
in der Werbung tanzt Johnny Depp mit den Wölfen
ich verharre neben seiner Schulter
erwäge eine Berührung vielleicht eine Hand auf seinem Arm

paff beide Hände auf dem Tisch erhebt sich Pépou und sagt
Also los Abmarsch wenn ich in keinen Stau geraten will

auf der Anklagebank habe ich nicht alle eintreffen sehen
die schwarzen Roben rascheln in Zeitlupe
und ich frage mich wie die Farben im Gefängnis
sind
Asylweiß
desinfiziertes Graumetallic
die Schürzen des Personals makellos
der Betonboden gebohnert
oder schwarzer Rauch und Kohlehaufen
Ziegel und Ratten
Oberfenster
vergitterte Kellerfenster
Sträflinge flüstern sich nachts ihre Geschichten zu
ich wäre Anna Quangel aus *Jeder stirbt für sich allein*
ich würde niemandem meine Geschichte
im Loch zuflüstern
ich würde mir eins mit ner Bombe überziehen
jeder stirbt für sich allein
ansonsten Pissgelb
das Gefängnis
mit Nachrichten in Wände geritzt
Kevin forever
Das war ich nicht

Gott ist der einzige Richter
und in Strichen die verbleibenden Tage
und noch schlimmer
rosa
Baker-Miller Pink
Cool down Pink
wie in der Schweiz
mehr Wohlbefinden unter rosa Verschluss
um den Aggressionsdruck zu senken
den Herzschlag
der Gedanke an Rosa
bringt mich zum Weinen
dabei hatte ich mir geschworen ihnen nichts zu geben
diesen Leuten mir gegenüber mit dem starren Kinn
welche Farbe hat der Rest meines Lebens im Gefängnis
weiß schwarz pissgelb rosa
wenn das Urteil fällt
werde ich nicht zuhören ich denke an den Gefängnisklang
die minimalistische Musik
die kalten Geräusche das Rasseln
das Geräusch des Blechs
des Untergangs
oder der Stille
ich sehe nur Pépou das Gesicht in seinen Händen
seine zuckenden Schultern
jemand zieht mich an meinen Achseln hoch
meine Farbe ist das Grün
graugrünes Gift
Kompostgrün Mintgrün Spargelgrün
das Schlangengrün meiner Augen
die gesichtslosen Polizisten schließen die Handschellen
richten sie zerrend an den Handgelenken

klick-klick zurren sie an mir
ein Blick Zur Schwester
glücklicherweise hat Mémou
hat Mémou keine Augen mehr
meine Farbe ist das Grün
Hexengrün
Wutgrün
Furorgrün
Zu Tisch
zu Tisch Scheiße aber auch
ich rufe dich schon zum fünften Mal
Pépou im Türrahmen
Weinst du fragt er
Klopf an bevor du reinkommst erwidere ich

Verdammt ist der Schnee heute geil
Balec gleitet auf Mini-Skiern hinab
So wie du legt er nach
Augenzwinkern
er spritzt mich mit Kunstschnee voll
Wie machst du das mit dem Mohn frage ich
platzierst du ihn jeden Mittag mit der Pinzette
kurzes Schweigen
Ah diese Laeti eine echte Witzboldin
ruft er in die Menge
obwohl nur er ich und Nedj da sind

und kurz darauf sehe ich seine Zungenspitze
in seinem Mund
flink herumfuhrwerken
Nedj beugt sich vor schiebt zwei Finger in den Mund
und tut als kotze sie
wie immer schnallt er nichts
Hey ich zahle dich nicht damit du
Witze reißt
geh sortier mir die Schneeschuhe nach Größe
los er klatscht in die Hände
ich blicke ihn an bewege mich nicht
seine Lippen zittern unmerklich
ich will ihn etwas zum Kochen bringen
ich setze mich sehr langsam Richtung Garderobe in Bewegung
ich wackle elegant mit meinem Hintern
das erregt ihn das weiß ich
ich darf nicht übertreiben
damit er glaubt dass wir noch miteinander schlafen können
damit er glaubt dass er der Chef ist
damit ich noch ein bisschen auf die Seite legen kann

der SMS-Wechsel mit Fauteur
ist so kostbar geworden
wie parfümierte Briefe

27. Januar 2016 01:56
Wenn ich an ihre quadratischen dicken Hintern
in ihren 6 Zylinder SUVs denke
an ihre fetten Ärsche verloren in ihrem
Lederozean Verarbeitung Lounge plus
und ihre violett leuchtende Freisprechanlage
ihre geleasten brandneuen X6
100000mal jeden Morgen auf der A 31 Richtung Luxemburg
wenn ich daran denke und das tue ich oft
sage ich mir man muss etwas
tun
sofort

02:03
Haha
keine Sorge
wir werden etwas tun

heute sind Schüler in La Crasse
ungefähr dreißig Grundschüler mit ihrer Lehrerin
zu dieser Gelegenheit wurde das Disco Spotlight eingeschaltet
Nedj hat zwei Kotzfladen auf der Piste hinterlassen
fast Ton in Ton mit dem Licht
Balec begleitet sie
sie kommen langsam die Steigung runter
Just a little more love
Just a little more love
Just a little more peace
Is all it takes
To live the dream
To walk hand in hand
We've got to understand
And one day soon
We'll live in harmony
das letzte Mal als ich das gehört habe
war in den Nächten vom *Universum*
dem Laden des konzertierten Erschließungsgebiets von Avril
der erfüllt war von diesem
präpubertären Geruch
in diesen Nächten verstehe ich
dass ich vor allem ein Körper bin
zwischen den ungelenken Körpern
der anderen die in dieser Mousse
tanzen
in diesen Nächten empfange ich
mit Stolz
Hände zwischen den Beinen
Zeichen

meines Marktwertes
ich
so einfach auf der Bühne
männlichen Begehrens eingeführt
Ganze Nächte
Vergleiche mit den Freundinnen
zwischen den glitzernden Hemden mit Schweißaureolen
die Bühne ist fast leer
die VIP-Tische der Champagnerkübel
für die Ältesten
die Schnee verkaufen
und schon spüre ich die Einsamkeit
dass mir jemand fehlt
der nie geboren wurde
das Funkeln der Discokugel
kitzelt Nedjs und Balecs Gesicht
er spricht sanft zu ihr
manchmal vergisst er fies zu sein
ihr Teint ist kiesgrau
Madame Nedjma Cherkaoui scheint angeschlagen grölt er theatralisch
als sie zu mir stoßen
verzieht sie ihr Gesicht
ich sage zu Nedj Komm ich nehm dich mit meine Schöne
und zu Balec Sind ja nur fünf Minuten im Auto
bevor er wieder motzt
OK aber beeil dich um halb elf ist Slalom
ich hake mich bei ihr unter
sie schleppt sich dahin
Ich hab keine Kraft warte wir machen eine Pause sie keucht
ich bin schwanger flüstert sie
ich hab die ganze Zeit Schwächeanfälle
derweil brüllt Balec hinter uns

der Lehrerin
anzügliche Sprüche zu

12. April 2016 13:47
Es wäre gut wenn du nochmal am Kampfhaus vorbeikämst
du bist ja schon aktenkundig also egal
ob du kommst oder nicht
los komm zurück

    13:50
    Komm zu mir
    ins la Cave
    um Nick zu hören

15:17
Ich kann nicht
Oph arbeitet wieder tagsüber

darauf
habe ich nicht mehr geantwortet

ich schnapp mir das Kissen von der Couch
es ist fast so kompakt wie ein Mensch
während meine Wärme in es eindringt
zusammen mit dem dicken Oberbett
es ist fast
als würde ich mit ihm schlafen
an Fauteurs Rücken geschmiegt der wie Reis riecht

streichle ich die kleinen Beulen
Folge seiner Akne
ich wage nicht ihm zu sagen
dass ich auch sie liebe
diese Inseln
einer Welt die nie existieren wird
diese Nacht komme ich in Gedanken an Balec und Fauteur die ficken

Ekzem: beide Hände und das ganze Gesicht

diesen Morgen bin ich spontan für Nedj eingesprungen
für sechs Stunden
deswegen fange ich mir
wenige Stunden später eine Ekzemkrise ein
überall da wo ich unbedeckt bin
Pépou ist besorgt
er sagt immer noch nichts
aber wenigstens scheint er ein bisschen mehr da zu sein
ein bisschen vorhandener
er macht mir Breiumschläge aus Salbei - Heilerde - Hafer
er weiß sie nicht wie Mémou zu machen
mit ihren zarten Händen in meinem Gesicht
und ihrer tiefen Atmung
sie wusste bewundernswert gut
zu heilen
auf meinem Nachtisch steht immer noch unser Foto

sie mit ihren schönen Augenringen
erschöpft lächelnd
ich sechs Monate
das Gesicht aus demselben Material
meine schlangengrünen Augen
siegesgewisses Lächeln

ich schreibe Der Schwester
Pépou = Raffarin + Sean Connery. Oder?
sie antwortet nicht

Das wird lecker
sagt Pépou nach fünf Minuten Schweigen
das sagt er jedes Mal wenn er das Essen vorbereitet
zwei Mahlzeiten die Woche
Hast du über meinen Vorschlag nachgedacht fragt er
Nein
Überleg es dir gut
Ich habe es mir überlegt ich sage Nein
er trinkt seine Suppe direkt aus dem Bol

Ich möchte dass du ausziehst
in drei Monaten das wäre angemessen
es geht um dich meine Tochter
La Cave tut dir nicht gut
du trittst auf der Stelle
du musst dich entfalten
jetzt da du wieder
auf die Beine gekommen bist
Dass ich aus meiner Asche auferstehe sage ich
ohne mir die Flügel zu verbrennen fahre ich fort
Du musst damit abschließen er tut als höre er
mich nicht
er räuspert sich laut
ich schlürfe hörbar die Karottensuppe
das deckelt meine Wut bevor ich ihm noch eine scheuere
ich werde vielleicht das Haus Der Schwester besetzen
sie würde den Schwindel schnell bemerken
müsste Rücksicht auf sie nehmen
Weißt-schon ertragen
nein
nichts zu machen
ich sage Du wirst dir eine Putzfrau nehmen müssen

es bleibt immer noch Balec
schlimmer als alles
besser als nichts

sie sagen dass ich endlich
die Trauer ablegen
alles vergessen soll
es hat einen Namen
anscheinend Solastalgie
ich nenne das meine Trauer
um die Badewanne voll mit Schaum
um ein Leben bei 20 Grad zu allen Jahreszeiten
um den Spaß am Auto
um das Glück des Anhäufens
die Trauer um die feuchten Wälder
ein Leben ohne Krebs
die Trauer um den Kinderwunsch
um die Leichtigkeit
gefrorene Seen im Winter
darüber sich für eine Akteurin zu halten oder wenigstens für
irgendetwas die Trauer
um ein erfülltes Leben
erfüllte Beziehungen
eine erfüllte Arbeit

und auf diese Trauer
folgt gleich
der Wunsch nach dem Feuer
die Lust dass man mich bricht
schneller
abrupter
der Wunsch nach Wissen
etwas ganz abzuschließen
ernsthaft
der Wunsch mit den Zahlen zu verschmelzen
die gerade gelesen man auf der Stelle vergisst
Prozentsätze Brüche
die addiert
zu viel ergeben
oder überhaupt nichts
das nennt man
vor Schmerz vergehen und sich damit abfinden

ich kenne das Bild
von Mémous hohlen Augen die nichts mehr sagen
die noch ein paar Tage zuvor mit mir
am Computer
Wild Plants von Nicolas Humbert sahen
und das winzige Ding in meinem Bauch
auch dafür gibt es zahlreiche Bilder
ein Staubkorn ein Funke ein Versprechen ein Samen
Bilder
süß wie die Erdbeermousse
ein Schatten eine leichte Brise
gereinigt wie Pépous Mund vom Essen
hinausbefördert
das Staubkorn der Funke

ich habe nie ganz verstanden
ob es Fauteur oder ich war
wer nicht mehr wollte
ich habe so viele Stimmen in meinem Kopf
die skandieren
Vorsicht tick tack
dieser andere Countdown
andauernd auf meiner Netzhaut
das Bild von mir im Pflegeheim
mit niemandem den man liebt um sich zu erinnern
dass man existiert
auf jeden Fall
werde ich vorher tot sein
also
es gibt nichts Großherzigeres
als nicht zu gebären
in meinem Trauerleben
und in dieser Welt
schwarzes Loch

ich bin nicht warm genug angezogen
unsichtbar im Nebel
die Kälte beißt
ich laufe den Schutzwall entlang
unten
schwillt der Fluss an

das schlammige Wasser bedeckt die Wurzeln
und doch
ist die Magnolienblüte schon
lange vorbei
waren ihre Knospen bereits im
Januar soweit
dem Frühlingsanfang und
schon
bedroht uns der Sommer
die Luft ist ein einziger Block
wie tot
kein Summen mehr
ein weißer orange umränderter Schmetterling
irrt
verzweifelt alleine herum
die Enten schnattern sobald ich vorbeigehe
zwischen den verschlungenen Ästen
glitzern Heineken
das hohe Gras
am tristen Morgen
ich laufe schnell und aufrecht
Pionierin der Stadt
ich treffe auf einen Mann
wie sehr wünschte ich dass er es ist
mein Gefährte
selbst unsichtbar
der ruhige Verrückte aus dem Film
sieht man ihn das erste Mal hört man
das Klackern der Kiesel am Grund
unter dem Rechen so groß wie eine Hand
knirscht es
begleitet vom sanften Geräusch der Autos

weit entfernt
die Beleuchtung ist schwach wie in Provinzstädten
der dünne Mann schwingt seine Hände um sich
die zunächst geschlossene Faust öffnet sich
magisch
er wirft unsichtbare Samen in den Kreisverkehr
der ruhige Verrückte
lässt sich nicht stören
vom Alarm eines Autos in der Nähe
er geht bedachtsam vor
nicht bedroht
auf dem Mittelstreifen einer zweispurigen Straße
schießen kleine Margeriten aus dem Boden
er tut dies bei violettem Gewitter
es gibt schöne Dinge

heute bin ich viel zu früh
zur Arbeit gekommen
es ist 5 Uhr morgens es ist noch dunkel
ich bin nur
zum Vergnügen gekommen um den Ort zu spüren
der mir gehört
es reichen ein paar Stunden
um das Echo in der Umkleide zu genießen
die Abwesenheit am Empfang
die Dunkelheit der Pisten

ich setze mich auf einen Mauerstein des Parkplatzes
meine Knie knacken
ich drehe mir
eine der seltenen Kippen
frage mich
was ich bis jetzt gemacht habe
als wäre ich erst heute geboren
31 Jahre Nichts
oder nichts Besonderes
vielleicht haben sie recht
wenn sie sagen dass
ich hätte weitermachen sollen
mit den Berufen mit Verantwortung
mit Aussicht auf Beförderung
Gehaltserhöhung
Cappuccino-Maschinen
immer weiter
ich koste
die präzise Handbewegung aus
die Meditation die diese erfordert
es hat gedauert bis ich drehen konnte
zwischen zwanzig und dreißig habe ich das machen lassen
von jedem beliebigen Typen der vorbeikam
man hat es mir nie verwehrt
ich musste
nur etwas unsicher tun
schüchtern verlegen
es klappt nicht mehr so gut
man muss
den parfümierten Tabak der Länge nach verteilen
gleichmäßig
nicht zu viel nicht zu wenig

den gut schmeckenden Klebestreifen
anfeuchten
nicht zu viel nicht zu wenig
dann den krümeligen Tabak fest einrollen
ohne zylinderförmige Ausbuchtung in der Mitte
fest
ich zünde mir die Kippe mit dem Zippo an
das mir Fauteur geschenkt hat
ich kenne kein vollkommeneres Geräusch als das des Gebläses
er hat ein kleines Herz eingravieren lassen
unten links auf der Rückseite
ich habe es erst nach ein paar Tagen bemerkt
ziemlich lächerlich
dass mir das am Ende doch gefällt
ich bin alleine auf dem Parkplatz
eingehüllt in
Teer und Luft
erkennbare Schwarztöne und unterschiedliche Massen
verlassen von der Stadt
Thermes-les-Bains
abgestellt zwischen
Vergnügungsinseln
Bowlingbahnen und Schwimmbädern und Anlagen
Restaurants mit hausgemachten Burgern
verheißungsvollem Rampenlicht und wehmütigen Parkplätzen
zu dieser Stunde
die Stadt ist bereit
dass alles losgeht
bald kommen die ersten
Kurgäste
erschöpft von der Zeit
dem Alter

sie verlassen das Hotel zum Sonnenkönig wie eine Theaterbühne
überqueren den Parkplatz in kleinen Schritten
ihre Zehenspitzen lugen aus den Hotelbadelatschen
etwas verlegen
begeben sie sich zu den Anwendungen
ins Zentrum der Thermencity
dort
tauchen sie in glühend heiße Bottiche ein
mit Wasser oder Schlamm
in Eisendämpfe
die Augen an ein Detail
der Wand geheftet
erhoffen sie - Aberglaube -
eine Verbesserung oder sind resigniert einfach
Passagiere ihres Körpers
aber in diesem Moment sind
nur das Geräusch des Blättchens das leise am Teer entlangbrennt
und die undefinierbaren Schreie der Tiere im Zoo
hörbar
in der Rauchwolke
wähne ich mich
als Überlebende einer Naturkatastrophe
die noch nicht stattgefunden hat
vielleicht steht irgendwann alles still
nicht abrupt
das Huhn
einmal enthauptet
wird seinen Lauf verlangsamen
aber alles wird stillstehen und viele von uns
werden die Idee
die Idee eines Wandels hegen
ich stoße den Rauch prustend aus
ein entfernter Schrei

Affe Elefant oder Rabe
kündigt den Morgen an

Nedjs und mein schönster Zeitvertreib am Empfang
Balec zu imitieren
der vorgibt auf der Piste zu arbeiten
gebeugt geht er hin und her
von oben nach unten
wenn er könnte würde er hinken um uns zu demonstrieren
wie ihn die Arbeit auslaugt
er reinigt die Sessel der Seilbahn
versprüht überall ein bisschen Frostschutzmittel
und seufzt
er ist total überlastet
seit zwei Stunden kommt kein Kunde
seit einiger Zeit zeichnen Nedj und ich Comics
mit Balec als Held
in ein Heft von MALLORCA das Nedj von zu Hause
mitgebracht hat
einmal hat er uns überrascht
Was schreibt ihr da
Mein Testament sage ich
Vergiss nicht mir alles zu vermachen erwidert er
ich glaube dass ist bald beschließt er

Ekzem: 75% des rechten Unterarms

Post-it n° 19

- Verschwinden der Biodiversität
  1000 × > natürliche Quote der Auslöschung der Tierwelt
- aktuelle Krise = 100 × + schneller
  als die letzte natürliche Auslöschung (Dinosaurier)
- 75% der Erde
  40% der Meere
  50% der Flussläufe:
  beträchtliche Anzeichen der Zerstörung
- von 105.723 Arten:
  28.338 Klassen bedroht

3
2
1
play

There's the moon asking to stay
Long enough for the clouds to fly me away
Well it's my time coming I'm not afraid

Afraid to die
jeden Sonntag
pünktlich um 20 Uhr
hören wir dasselbe Lied
zur selben Zeit
Grace von Jeff Buckley
Stört dich das nicht immer dasselbe Stück zu hören
seitdem du 15 bist
hatte Fauteur gefragt
als wir noch miteinander redeten
er belehrte mich ganz gerne
wollte mir das Leben beibringen
manchmal tat ich
interessiert
mir fehlt dieses Spiel zwischen uns
ich hoffe er hört immer noch
unser Lied
sonntags um 20 Uhr

Wait in the fire
Wait in the fire
Wait in the fire
Wait in the fire
Fire
I'm not afraid to go
But it goes so slow

seltsamerweise gefällt er mir noch immer
stämmig aber mit milchiger Haut
ich glaube
dass seine Intensität in allem
nur nicht mit mir

mich anzog
ich gefiel ihm vorübergehend
er war nie so
konkret
verlässlich
seitdem wir uns nicht mehr sehen
ich bin mir sicher
dass er mich nie so sehr geliebt hat
er lacht viel
aber nicht sein Blick
seine Eckzähne blitzten hervor
fast Hauer
als er mir sagte

Natürlich werde ich eines Tages mit dir weggehen

wir haben eine runtergekommene Bude besichtigt
Pépou und ich
Nicht schlecht oder fragt Pépou
als wir wieder wegfahren
Hm antworte ich
der Rest ist
Schweigen
jedes Mal wenn ich mit ihm
im Auto sitze
denke ich an die Fahrt

nach der Festnahme
das muss man sich vorstellen
während der wenigen Minuten Fahrt
verballert Pépou all seine Wortpatronen
für ein ganzes Jahr
das war am 26. April
2016
Warum musstest du dich auf diesen Mist einlassen
mit diesen gewalttätigen Leuten
warum kannst du es nicht wie alle machen
musst dich immer interessant machen
ich bleibe freundlich - Schweigen
eine wahrhafte Furie
Pépou trommelt superschnell gegen das Lenkrad
Tickitickitickitickitickitickitickitick
Manchmal frage ich mich sagt er
ich sage nichts
ich spiele
f a f a f a f a f a f a
a c a c a c a c
Ich rede mit dir schreit Pépou also halte ich meine Hände auf den Schenkeln still
er weiß was ich mache er kennt das
ich denke
an die Furien der römischen Mythologie
= die Eumeniden in der griechischen Mythologie
= die Wohlwollenden
alles eine Frage des Standpunkts
das sage ich Pépou nicht
er wäre nicht einverstanden
tickitickitickitickit trommelt er gegen das Lenkrad
ich sage Pépou nicht

dass Fickange nur eine Station ist
vor dem finalen Höhepunkt
von Boudin
man will in Boudin unter unseren Füßen
den radioaktiven Müll
ganz Frankreichs verbuddeln
und alle gucken weiterhin Frankreich sucht den Superstar
zweimal die Woche wird ein Zug voll radioaktiven Mülls
vorbeikommen
an deinem Garten vorbei Pépou
und einmal versenkt entweicht
die verwurstete Strahlung
natürlich
so langsam wie möglich
Kennst du das Stück von John Cage
As slow as possible
frage ich Pépou
meine Stimme klingt etwas schriller
als ich gedacht hätte
Pépou weiter
Tickitickitickitickitickitick auf dem Lenkrad
Organ^{2} */ ASLSP* ist der genaue Titel fahre ich fort
Cage hat das Tempo nicht bestimmt
in dem das Stück gespielt werden soll
es heißt nur *as slow as possible*
das bedeutet
so langsam wie möglich
und in der Kirche St. Burchardi von Halberstadt
in Sachsen-Anhalt
das ist in Deutschland
in Ostdeutschland
hat man beschlossen dass das Stück 639 Jahre dauert

wenn alles gut geht
wird es 2640 beendet sein
bei jeder neuen Note
findet eine Zeremonie statt
bei der der Orgel nach und nach weitere Pfeifen
hinzugefügt werden
dabei wird die Orgel die ganze Zeit gespielt
und von einem transparentem Acrylkubus umschlossen der
den Klang ein wenig dämpft
die Aufführung
die Aufführung des Stücks in St. Burchardi hat
mit einer Pause
vom 5. September 2001
bis zum 5. Februar 2003 begonnen
Was erzählst du mir von John Cage
der geht mich einen feuchten Dreck an
jeden geht John Cage einen feuchten Dreck an
wach auf Mensch wach auf
John Cage ist hebe ich an
Scheiße
ich hole dich bei der Polizei ab und du erzählst mir
von irgend so einem Typen
du trittst auf der Stelle
auf der Stelle
du machst mir Sorgen
wirklich meine Tochter
du machst mir Sorgen

seither reden wir nicht mehr viel miteinander
nicht dass wir vorher viel geredet hätten
aber dennoch

als ich klein war habe ich oft geträumt
dass ich adoptiert wäre
mein Vater groß dunkel vornehm
in weißem Hemd
meine Mutter mit blonden Locken
ich hatte es Mémou erzählt
einfach so
weil ich ihr viel erzählte
ich glaube da habe ich sie zum ersten Mal
weinen sehen

die Operation Balecs Verführung hat begonnen
ich ahne dass es ziemlich leicht werden wird
aber wer weiß
er ist voller Überraschungen
ich sollte trotzdem vorsichtig sein
nicht dass ich wieder einschlafe
dass er mich aus Versehen überzeugt
wie jedes Mal wenn ich mit ihm schlafe
aus Müdigkeit
Faulheit
Mitleid für ihn
und für mich
er kocht gut dieser Idiot außerdem ist er vegan
aber vegan der Art Waldzerstörung
er liebt die *healthy*-Regale vom Discounter Auchan von Aussécourt

Kokosöl Avocados
jeden Samstagnachmittag packt er all das in den Kofferraum seines SUVs
beim Drive-in
natürlich bei laufendem Motor
wenn er könnte würde er den Motor nie abstellen
er würde den Motor den ganzen Tag laufen lassen
die ganze Nacht
um schneller losfahren zu können
und all die guten Flaschen die er kauft
das betäubt ordentlich
zusammen kippen wir uns das problemlos runter
nur biodynamisch auch wenn er davon nichts versteht
fast jeden Abend
gab er mir göttliche Massagen
mit Aprikosenkernöl
von meinem Ekzem
nicht angeekelt
Fauteur hätte das nicht gemacht
vor ihm verstecke ich es
als ich also das letzte Mal
mit Balec
eher bei Balec blieb
trotz meiner bodenlosen
Lustlosigkeit
unmöglich zu verbergen
dass ich an ihm hing wie man an
einem Hund hängt
lästig jedes Verliebtsein
Hallo Tom lächle ich
Ah heute ist es Tom
welche Ehre
Ich glaube das wird heute ein schöner Tag sage ich zu ihm

glaubst du nicht
er stockt
hält einen Moment inne um zu überlegen
erfolglos
Geh zum Empfang Nedj macht wieder irgendeinen Blödsinn

1. Mai 2017 6:32
Warst du beim Arzt wegen des Vitamin D
nimm die Ampullen die sind am besten

> 9:47
> Und du muss ich dich an die Pille erinnern
> niemand hat Lust auf
> einen Marc in klein

9:50
Lass dich behandeln

Post-it n° 35

manche Berechnungen der Nasa gehen von einem
Flächenbrand ganzer Erdteile aus
wenn man sich die Weltkarte mit den Bränden anschaut
sieht man
dass sich die Herde immer mehr annähern
die einen
den anderen

Balec sitzt seit 30 Minuten auf einem Sessellift
in der Höhe
vom großen Glasfenster des Empfangs sieht man
dass sich nichts mehr bewegt
deswegen hat er uns die ganze Zeit versucht
über Walkie-Talkie zu erreichen
Nedj und ich
haben nicht geantwortet
waren mitten in der Impro-Imitation von Balec
ihre Übelkeit ist vorbei sie ist fast im vierten Monat
ich weiß nicht was ich tue wenn sie in Elternzeit ist
Nedj
ist auf den ersten Blick
sehr diskret

sodass ihre Witze noch herrlicher sind
wir haben am Ton von Balecs Antworten gefeilt
Szenen erfunden
und ihn schließlich damit verarscht, ihn
im künstlichen Wind schaukeln zu lassen
ich greife nach meiner Thermoskanne mit Tee
gehe zur Piste
drücke auf den grünen Knopf
das Karussell fährt wieder an
Balec hat sicher den Wisch von terrepourtous.fr gelesen
mit dem Titel
Ski-Dom von Thermes-les-Bains:
zwischen ökologischem Wahnwitz und finanziellem Abgrund
ich setze mich auf einen Sessellift um ihm entgegenzufahren
dem Trottel muss kalt sein
ich glaube er trägt keine Handschuhe
ich fahre ihm mit gekreuzten Armen entgegen
aber oben angekommen bleibt er auf seinem Sessellift kleben
und langsam
fährt er um den Mast
und kommt unbeweglich runter
ich bleibe oben auf der Piste und sehe wie er sich entfernt
Spinnst Du jetzt total brülle ich Balec hinterher
ich weiß nicht ob ich auf ihn warten oder runterfahren soll
schließlich renne ich die Piste hinunter
rappele mich auf der Strecke einmal hoch beschimpfe ihn
ich trage meine alten rutschigen Vans
unter dem Rauschen der Seilbahn und dem Klacken
der Schneekanone
kommt er langsamer runter als ich
ich völlig außer Atem
meine Fingerkuppen sind lila

er nähert sich sitzend
tut alles dafür dass sich unsere Blicke
nicht kreuzen
sein Sitz geht in die Kurve
Los steig ab sei kein Idiot
er steigt nicht ab ich will ihn packen er legt sich auf den Sitz
klammert sich fest
unmöglich
ich schlage mit der Hand gegen sein Schienbein
schon ist er wieder zwei Meter entfernt
setzt sich danach auf
mit steifem Hals
ich stelle mir vor wie er absichtlich würdevoll guckt
ich brülle ihm hinterher
flippt er jetzt total aus oder was
wird er die Tour ad vitam aeternam machen
das dauert eine Ewigkeit
man hört nur das Schlingern des Mechanismus
Scheiße gröle ich
oben dreht er schon wieder
Ich rufe die Feuerwehr brülle ich
ich rufe die Feuerwehr
langsam nähert er sich wieder
sehr langsam
nicht noch eine Nacht mit ihm
Nedj bringt mir meinen Mantel aus der Loge
Vor zwei Jahren hat er schon mal so ‘ne Nummer abgezogen sagt sie
nach dem Artikel in der Voix de l’Est
sie beobachtet ihn mit verschränkten Armen
Nedj kann man nichts mehr vormachen
sie geht zum Empfang zurück Kunden sind da
Hier sind Kunden schreie ich Balec zu hier sind Kunden

extrem langsam nähert er sich in seinem Sessellift
man könnte meinen er macht es absichtlich
Etwas leiser hier sind Kunden Tom
er kommt unten an
klobig in seinem Sitz
mit einem Gesichtsausdruck den ich nicht kenne
auf dieser Abfahrt zittert er
er ist sehr blass die Lippen lila
auch ich zittere
man muss schon
eine Temperatur von minus 2 Grad
auf den Pisten aushalten
man könnte meinen er habe geweint
ich hole die Rettungsdecke aus der Baubude
ich lege sie ihm über die Schulter
Spinnst du oder was
was ist los mit dir
Ich habe euer Notizheft gefunden sagt er
du bist böse
abgrundtief böse
ich könnte euch feuern weißt du
ich halte kurz inne
Aber
das war ein Witz
ich nehme ihn kurz in den Arm
klopfe ihm auf den Rücken
dann lösen wir uns ohne uns anzusehen
ich sage Entschuldigung
er sagt nichts

Ekzem: Wange und rechter Unterarm

ich klingle bei Der Schwester
und ihrem Weißt-schon
sie öffnet mir die Tür und ich zucke zusammen
Deine Schuhe fleht mich Die Schwester an
und zwingt mir Hausschuhe auf
bei der Vorstellung an all die Füße die drin müffelten
verziehe ich mein Gesicht
als ich an ihr vorbeigehe
merke ich dass sie leicht zurückweicht
einen Bruchteil einer Sekunde
in dem bunten Licht
der Bleifenster im Flur
Das ist nicht ansteckend sage ich
Wie auch erwidert sie
Vergiss es
ich weiß nicht warum sie mich einladen
es überkommt sie von Zeit zu Zeit
manchmal lauert im Hinterhalt ein Typ
aber das letzte Mal ist es so schiefgelaufen
mit dem Entwickler den Weißt-schon
bei der Arbeit aufgegabelt hat
– er mit Palästinensertuch sie dachten das passt –
dass sie wohl eine Zeitlang davon abgesehen haben
Heute Abend gibt's Raclette sagt Weißt-schon
und beendet eine SMS
bevor er mich
gleichgültig umarmt
ich sehe wie Die Schwester die Augenbrauen machtlos hochzieht

Ich bin vegan erwidere ich
hast du wahrscheinlich wieder vergessen
Tschuldige er wollte unbedingt Raclette beteuert Die Schwester
es gibt auch Kartoffeln und Salat
ich habe auch Tofu für dich fährt sie fort
Nee alles gut ich bin nicht sehr hungrig sage ich
Probier etwas Käse der muss dir doch fehlen
nölt Weißt-schon
wie jedes Mal
jedenfalls muss er lachen
als bemerkte er es zum ersten Mal
Setz dich
Wie gehts seit dem Geburtstag fragt Die Schwester
und bevor ich antworte Willst du was trinken
Yo ich würd gern meinen mitgebrachten Wein probieren
Biodynamisch oha wie viel der wohl kostet
Weißt-schon untersucht das Etikett
Das ist das bei dem sie Stierhörner unter
den Weinstöcken vergraben und nackt bei Mondschein singen damit
die Trauben schneller wachsen sagt er
niemand reagiert
Nee echt weißt schon das ist ein bisschen esoterisch
Bei mir alles okay
immer wieder Ekzeme sage ich zu Der Schwester
und Pépou will dass ich aus Dem Bunker ausziehe
Ich weiß Mamipié hats mir gesagt antwortet Die Schwester
sie entkorkt den Wein mit großer Anstrengung
sagt scheinbar unbeteiligt
Wie wirst Du das anstellen
da sehe ich dass Weißt-schon nicht mehr atmet
und dehne in die Länge
Hey

wie
ich
es hier
liebe
ich wollte euch gerade fragen ob ich nicht bei euch
bleiben könnte
und schiebe ein paar Sekunden später hinterher
Das war ein Witz
beide tun als ob sie lachen
Ich habe keine Wahl ich werde mich bei Balec einnisten
Balec – Thomas Balquin fragt sie
wie ihr seid wieder zusammen
stell dich neben Marc ich mach ein Foto für Mamipié
sagt Die Schwester auf einem Hocker
es wäre gut sie ab und zu anzurufen ermahnt sie mich
Nein nicht wirklich zusammen sage ich
Pst das Foto
Weißt-schon und ich ziehen für eine Sekunde eine Grimasse
berühren uns flüchtig
ein falscher Klick
Was sagtest du fragt Die Schwester
Ich sagte nein
ich sagte mal schauen
Und du wie läuft die Arbeit frage ich Die Schwester
Weißt-schon die Visage auf Twitter
total eingenommen und dann
Also stell dir vor ich wurde wieder befördert
ich leite eine Gruppe von 27 Leuten
scroll scroll scroll
Ziemlich viele Nulpen
die Hälfte der Zeit Krankschreibungen
nicht einfach so eine Leitung viel Druck

aber finanziell steh ich gut da
Die Schwester schenkt ihm randvoll ein und seufzt
Ok fährt er fort nur die Staus
die mir das Leben versauen
Warum nimmst du nicht den Zug frage ich unbedarft
Ich müsste mit dem Auto zum Bahnhof hab ich doch schon gesagt
und das Parken
wäre kompliziert
Du würdest Zeit sparen setze ich hinzu
In meiner Karre habe ich Ruhe sagt er
ich hör den Sender den ich will
Und Fahrgemeinschaft frage ich weiter
du könntest Freunde finden
über SUV-Modelle und Bali-Wochenenden reden
Oh letztes Jahr sind wir nur einmal geflogen funkt
Die Schwester dazwischen
und das war für eine Hochzeit
Und finanziell wäre es für dich noch besser sage ich
Eigentlich habe ich keine Lust erwidert Weißt-schon
er verengt die Augen als wäre ich unscharf
Mir jeden Morgen im Auto Jean-Claude und Josiane
anzutun
Die Schwester gibt mir ein Glas noch voller als Marcs
Los lasst uns anstoßen versucht sie
Ich geh aufs Klo sage ich
im Bad verschiedene Rosatöne der Cuisse-de-Nymphe-émue-Rose
wie jedes Mal
probiere ich die Cremes Der Schwester nacheinander
nehme ordentliche Portionen
Tata Harper Elixir Vitae The Ultimate Wrinkle Solution
La Prairie Skin Caviar Luxe Cream
Embryolisse rundum Anti-Age Creme nahrhafte Restrukturierungspflege

meine Hand wird eine Palette
ich vermische alles
verteile es auf den Unterarmen und den vom Ekzem schorfigen Händen
ich dürfte es nicht es beißt aber es riecht nach Mémou
ich wühle in der Kiste mit den Lippenstiften ziehe einen hervor
Rebellious Rose d’Esthée Lauder
ich stecke ihn ein er steht mir besser als ihr
sie wird es merken aber sie hat noch ein Kleid von mir
als Geisel
das letzte schöne Kleid
das mir Mémou geschenkt hat
trage ich es könnte man meinen ich wäre verkleidet
dann nehme ich mir eine gute Handvoll Proben
aus der dafür vorgesehen Schachtel
ich öffne leise die Tür einen Spaltbreit ich lausche
Schnauze voll herabgesetzt zu werden trotz aller Anstrengungen
da wäre ihr bekloppter Wurmkomposter
Scheißgeschenk
sowieso
mit ihr
ist es nie genug oder immer zu viel
Marc bitte versuch deine Wut zu kontrollieren wir machen Érics Übung
sanft einatmen
erinnere dich Achtsamkeit
und ausatmen
Auch den Alkohol sage ich als ich ins Wohnzimmer komme
Ich verspreche dir Laeti droht Die Schwester
Weißt-schon kippt rasch den Biodynamischen runter
und angesichts der Bierleichen auf dem Tisch muss er beim Siebten sein
Weißt du auch ich habe meine Gewohnheiten geändert
stößt Weißt-schon auf
Madame ich futtere Humus und Grünzeug

ich kaufe in Frankreich hergestellte Klamotten bereit
den Preis zu zahlen
esse Fleisch nur viermal die Woche
ich habe meinen Kompost ich kaufe im Biosupermarkt
ich mach was ich kann
Es ist zu spät um das was man kann zu machen sage ich
es ist Zeit das Notwendige zu tun
du klingst jetzt wie ein Transparent meckert
Weißt-schon
nicht unser System stürzt ein du bist es fährt er fort
Hui du hast an deinen Argumenten gearbeitet applaudiere ich
Du und deine kleinen Überlegenheitsgesten
du hast immer auf uns herabgesehen erwidert er
wenn ich bedenke woher ich komme niemand hat an mich geglaubt
also ja ich bin stolz auf meine fette Uhr
und auf meinen fetten Wagen
und ein Leben zurück zur Natur und im Wald
den Luxus kann ich mir nicht leisten
ich kann nicht zurück zu Mama und Papa wenn
ich den Job verliere
ich erbe keine Sechs-Zimmer-Villa im Stadtzentrum
also in Zukunft
kannst du dir deine Lektionen sonst wohin schieben
Genug Marc
Hasilein
das Essen ist fertig los kommt befiehlt Die Schwester
Wir werden uns jetzt alle beruhigen sagt sie
Laeti bitte du weißt schon
und Marc wir versuchen über anderes
Warte wir haben noch nicht über Fleisch und Flüge geredet sage ich
und über die minus 10 Grad letzten Dienstag
was allen Ernstes die Erderwärmung widerlegt

Genau meine Worte
sagt Weißt-schon und gießt sich einen Whiskey ein
das Gluckgluck erfüllt den Raum
er greift sich ein paar Erdnüsse seine Hände sind jetzt fettig
er schaut mir direkt in die Augen
mobilisiert seine letzten feinmotorischen Fähigkeiten
und schnappt sich
mit langsamer Geste
vier Scheiben Salami
drei Mortadella mit Pistazien
zwei geräucherten Schinken – *Pata Negra* –
und sieben Hartwurst und zählt immer lauter werdend
Eins zwei drei
vier fünf sechs
SIEBEN
diesen Happen Laetitia
das Fleisch in den Fingern auf dem Weg zu seinem Mund
Widme ich dir
und stopft sich alles rein
er muss ordentlich falten damit es zwischen seinen dicken Lippen
durchgeht
Marc flüstert Die Schwester
er versucht seinen großen Mund zu schließen
kaut kaut
atmet kurz ein
aber dieses Mal ohne Achtsamkeit
Hasilein nein
Die Schwester steht auf
er schaut uns fassungslos an
er hebt die Hände fasst sich an die Gurgel
Spucks aus Hasilein spucks aus
Marc – sie schiebt ihre Finger in seinen Mund

fleischiger Brei tritt sabbernd hervor
seine Gesichtsfarbe wechselt rasch von weiß zu rosa
ein kurzer Farbenritt der Rose Cuisse-de-Nymphe-émue
biegt ins Rot ab
Huste spuck Marc ruft Die Schwester panisch
nichts davon tut er seine Augen gucken uns fragend an
Laeti hilf mir ruf
den Notarzt hilf mir
ich klopfe Weißt-schon fest auf den Rücken
Klopf klopf fordere ich Die Schwester auf jetzt selbst atemlos
Klopf zusammen mit mir sage ich Zur Schwester
und wie wild hämmern wir auf seinen Büffelrücken
Die Schwester ächzt
ächzt
ächzt
bei jedem Mal
sein Gesicht karminrot
ein Hauch Weinrot
tritt mehr und mehr hervor
also packe ich Weißt-schon von hinten
Was machst du brüllt Die Schwester
ich ramme ihm beide Fäuste unter das Zwerchfell
kräftig ins Fett
einmal
zweimal Parfumproben fliegen zu Boden
dreimal er krümmt sich schwierig ihn zu packen
er ist groß dieser Idiot
viermal
alles was ich aus dem Bad geklaut habe liegt nun
auf dem Teppichboden
fünfmal und da ein Magenrumoren
holprig ein unglaubliches Gerumpel

sechsmal noch einen drauf für die Reise Die Schwester lässt los
Hör auf
sagt er mit dünner Stimme
ein Husten
ein Brei tritt hervor
abgehackte Atmungsversuche
er ist ein Tier
Atme Hasilein
animiert ihn Die Schwester
langanhaltende Sauggeräusche und wir halten unseren
Atem an
das Schlimmste ist geschafft
Weißt-schon gelingt es zu japsen
er rülpst
hustet
und heult
Mein Liebster geht's sprich zu mir
geht's sag mir ob es geht schluchzt Die Schwester
er versucht zu atmen

wir setzen uns alle Drei
drei keuchende Häufchen
Ding macht das Handy von Weißt-schon
Wir sollten trotzdem ins Krankenhaus fahren sage ich
mein Blick haftet an
meinen Hausschuhen
Welcome < 3

Wenn Sie so anspannen werden sie niemals entbinden
Warum sollte ich entbinden ich habe gerade abgetrieben
antworte ich der Gynäko
Das erstaunt mich nicht erwidert sie
beklagen sie sich nicht wenn sie die nächsten Male Fehlgeburten
haben fügt sie hinzu
in Ihrem Alter hatte ich bereits zwei Kinder
Glückwunsch sage ich
sie führt das Spekulum kraftvoll ein
sie die mir die Hand so lasch gibt
verstohlen
meine vom Ekzem verbeulte Hand
»ttt« schnalzt sie mit der Zunge als ihr Handschuh wieder hervorkommt
rot
wieder draußen lese ich eine Nachricht von Balec
Komm nach Hause wann du willst
du weißt du bist immer willkommen

Post-it n° 37

»Die Stadt Nagasaki war die Hölle auf Erden.
Ich ging um Kadaver herum.
Sie waren verformt, blutverschmiert, verbrannt.
Ein unerträglicher Geruch hing in der Luft.
Menschen kurz vorm Sterben baten vor Schmerzen stöhnend um Wasser.
Alle Holzhäuser waren in sich zusammengefallen.
Je weiter ich in den Norden kam, desto schlimmer wurde es.
Die Angst packte mich. Ich schrie: ›Yukio, Yukio!‹«

AKI SHIMAZAKI, *Hotaru*

bevor ich aufbrach ging ich in das Bibliothekszimmer
wo wir Mémous Bett aufgestellt die Sitzbank
hingebracht hatten wo sie früher so gerne während der Siesta las
mit vielen Kissen
das wäre wieder so glaubte ich
es stünde kurz bevor
trotz allem
sie würde noch ein paar Monate leben
selbst
als sich schon

ihr Geruch änderte
ich war sauer auf sie
sie trug ihren wassergrünen
Angorapullover
ich massierte ihr die Füße mit Avocadoöl
täglich eine Stunde damit sich ihre trüben Augen
schlossen
ich war erstaunt dass ihre Füße so warm waren
ihr Gesicht bereits eine Erinnerung an ihr Gesicht
von früher
früher
liebte ich ihren korallenroten Lippenstift
ihre etwas klobigen Ohrclips
das war hübsch
manchmal nach der Massage
schnitt und feilte ich ihr die Fußnägel
mondsichelförmig
legte ihr Pflegenagellack auf
auf einem Hocker stellte ich den Laptop
in Höhe ihres Gesichts auf
um den Film zu sehen
manchmal machte ich all das mit Der Schwester
jede einen Fuß
noch eins der Dinge die uns nie wirklich zusammen gelangen
wenn ich alleine war ließ ich *Wild Plants* laufen
und massierte und Mémou hörte zu
sie sah schon nichts mehr
außer dem Rosa ihrer Augenlider oder dem Weiß der Decke
vom Licht des Kronleuchters angezogen
wie ein Säugling
und die Nachtfalter
und wenn sie den Film wiedererkannte

lächelte sie unmerklich
ich erkannte es weil sich ihre Zehen krümmten
manchmal
sagte sie etwas und fragte welche Jahreszeit es sei
wie weit die Tomaten wären
und sie sagte dass sie sterbe
dass sie sterben würde
wenn sie reif seien
und dass sie im Garten beerdigt werden wolle
ohne Sarg ohne etwas
an ihren Füßen
wie Komposterde
Wie ein Schatz sagte ich zu ihr
woraufhin sich ihre Zehen krümmten
ich sagte ihr ja
ja ich sei sauer auf sie
weil sie ihren Tod geschehen ließe
aber ich sagte ihr auch ja
selbst wenn
Winteranfang wäre
das war unsere Lüge
der Moment als sie noch sprechen konnte
zunehmend abgehackt
in ihren Tagträumen
die Decke
war der Projektionssaal ihrer Träume
sie betete sie laut herunter
Zeus' Pferde die weinten Blumensträuße
sich zersetzende fliegende Butterbrote
konvexe Raketen fertig zum Abpausen
mehr und mehr
eine vorzügliche

Leiche
das waren Albträume
das war das Morphium
hatte der Arzt erklärt
ich erinnere mich an Pépous Anwesenheit
im Türrahmen wenn sie delirierte
sein schwerer Atem in meinem Rücken
selbst in diesen Momenten unfähig zur Herzlichkeit
ein Block Verlegenheit
aufgeblähte Verschwiegenheit
kurz
nach dem Frühling vor zwei Jahren
hatte er verschwiegen dass Mémous Krebs
metastasierte
dabei konnte sie schon fast nicht mehr sprechen
ich war in der Permakultur-Fortbildung
in der Ardèche
schon lange geplant
und teuer
ich hatte gezögert hinzugehen
Mémou zurückzulassen
sie sagte
Fahr hin mein Kind
Die Schwester blieb
aber auch sie wusste von nichts
er hat uns um einen Monat ihrer Gesellschaft beraubt
gewohnt zu lügen
zu beschützen
ja ich sehe ihn vor mir
da im Rahmen
besorgt aber unfähig
unfähig zu umsorgen

mit zunehmendem Groll
darüber zurückzubleiben
und nicht damit gerechnet zu haben

er hat schon meine Kartons gepackt
schön aufgereiht in meinem Bunker meine Poster
hat er abgehängt
eingerollt den Nachdruck von J'accuse
die alten Plakate von Bob Marley
von Korn und System of a Down
zusammengefaltet
aber vor allem
meine Post-its von der Wand genommen
und auf dem Schreibtisch ausgebreitet
mein ganzes System in Staub aufgegangen
ich betrachte sie
lieblos verstreut
die Schrift wechselt
manchmal so klein und gedrängt
man bräuchte eine Lupe um sie zu entziffern
manchmal kräftig und hingehuscht
Scheiße sage ich
zitternd lege ich sie in die Intarsienholzkiste
die mir Mamipié geschenkt hat
bei Balec kann ich sie nicht anpinnen
aber ich mache damit weiter
sie bleiben in der Kiste
ich schließe
sie ab

bevor ich gehe mache ich Pépou
ein kleines Geschenk
in der Nacht
habe ich eine scharfe Zange aus der Garage geklaut
die Motorhaube seines Autos geöffnet ohne viel
Lärm zu machen
und ich habe
alle Kabel die ich fand durchgeschnitten
rote blaue grüne gelbe
alles was hervorlugte habe ich durchgeschnitten
und die Motorhaube vorsichtig wieder
geschlossen

heute kam ich pünktlich
mit meinem Koffer bei Balec an
er öffnete mir die Tür mit einem breiten Lächeln
einem echten
das hat mich traurig gemacht
glaubt er an eine Rückkehr in den Schoß der Familie
eine Schnalle die man schließt
eine simple Rückkehr zur Normalität
Ich warne dich wir gehen nicht zusammen zur Arbeit
sage ich
ich rolle meinen Koffer über die nagelneuen maulwurfgrauen Fliesen
gehe die pseudo gestylte Wendeltreppe hoch
wie hässlich es bei ihm ist

ich wundere mich jedes Mal
dann sage ich dass ich Migräne habe
und allein sein muss
er sagt Soll ich dir einen Kräutertee machen
ich sage Nee
er sagt OK
ich sage Danke
er sagt Heute Abend mache ich grünes Curry in Ordnung
ich tue als hörte ich es nicht

Post-it n° 48

Nicht-Blumen aus Silikon
UV-Strahlung
Fraktale
Blumenobjekte
Artefakte
entworfen von einem Spekulativdesigner
in Zusammenarbeit mit Biologen aus Bangalore
mit dem Ziel Schwebfliegen anzulocken
eine Art Nicht-Bienen die viel bestäuben
und noch schneller verschwinden

bald sind sie reif
Mémous Tomaten
und wenn ich ihre Samen ernte
mache ich es wie der dünne Mann
der ruhige Verrückte
ich extrahiere sie
getrocknet
am wackeligen Küchentisch
die Tomatensamen
auch die anderer Pflanzen
und wie er werde ich mit leiser Stimme erklären
als spräche ich mit mir selbst
- so wird es bestimmt sein -
dass eine Vorreiter-Pflanze in nur wenig Erde
keimen kann
dass sie karge Böden jungfräuliche Erde aufbereiten
dass die Vorreiter-Pflanzen Blumen sind die keimen
die keimen können
in Betonritzen
eine Subkultur
die Avantgarde der Pflanzen
sie werden meine Freunde sein
sie die den Wandel aus dem Nichts herbeiführen
wie er werde ich einen Pakt mit den Pflanzen schließen
ein *Perpetuum mobile*
ich werde zerbröseln
aushöhlen
verstreuen
das wird Samenkörner von Violett bis Gelb
in einem Edelstahlsieb ergeben

ich werde ihre Sprache ihre Wünsche
mit der Zeit verstehen
ich werde sie erfüllen
das ist nicht einfach
ich werde erklären
dass gewisse Pflanzen
die gewöhnliche Eselsdistel zum Beispiel
stechen
als wollten sie nirgendwohin gehen
meine Arbeit und die der Pflanze
das wird ein schwer zu beschreibender Dialog sein
etwas Ruhiges

heilende Dinge
denke ich
wachsen vor allem an Nicht-Orten
in Nischen

Hör auf meine Maniküre anzuglotzen
Was
Immer wenn Du meine Maniküre anstarrst weiß ich was das bedeutet
ich schäme mich nicht mich zu pflegen redet Die Schwester weiter
Ich finde das noch nicht mal hässlich
es ist nur
dass man deine Hände mit der ganzen Farbe gar nicht mehr erkennt
man könnte sie für veredelte Androidenhände halten

weißt du übrigens dass Nagellack
Autolack ist sage ich
Ja das sagst du jedes Mal wenn wir uns sehen
und du Laeti weißt du dass dein H&M-Oberteil
von Sklaven in Bangladesch hergestellt wird
Weißt du dass Netflix ungefähr 15 % der weltweiten Bandbreite
einnimmt erwidere ich
ihr solltet euch vielleicht einen anderen Zeitvertreib suchen du und Marc
wie gehts ihm eigentlich
ich hoffe das hatte wenigstens ein paar Nachwirkungen
sie bringt nicht Ihm gehts besser hervor
Liebt er immer noch Wurst
Er hat sich dir zu Ehren eine ganze Salami gegönnt fügt sie hinzu
ansonsten hat Pépou angerufen wechselt sie das Thema
Und was
Sein Auto die Kabel seines Autos
Was ist damit frage ich
wer sagt dass ich das war
Du verarschst mich fährt sie fort
Ja antworte ich
Wer wird die Reparatur zahlen
ich ziehe die Nase hoch
Er ist doch versichert
Dieses Auto ist sein Augapfel
am Telefon hat er geweint hebt Die Schwester hervor
was bringt dir so eine Aktion
er beherbergt dich und dann das sie verstummt kurz
das ist brutal
was für ein Ärger
er muss den Bus nehmen um zum Bahnhof zu kommen
dann den Zug
er braucht täglich hin und zurück drei Stunden

Im SUV hat er genauso lang gebraucht sage ich
das macht immerhin ein Auto weniger auf den Straßen
für ein paar Tage
schon mal nicht schlecht
außerdem erfährt er so
dass es im Zug gar nicht so übel ist
er hätte mich eben nicht rauswerfen sollen
jetzt hab ich den Ärger
wer macht das
welcher Vater macht das
Ich dachte du wärst ein Kindskopf aber viel schlimmer
du hast einen an der Scheiß Waffel
Pépou und ich haben uns manchmal gefragt
ob man dich nicht einweisen sollte
Dann hättest du keine Trauzeugin
das wäre ärgerlich
wie läufts mit den Vorbereitungen fahre ich fort
sie streicht mechanisch über ihre Maniküre
die sich überlagernden Schichten Kleber wirken weich
Wir sitzen wegen des Photographen in der Klemme
Marc macht nichts
seine Mutter bedrängt mich
ich bin völlig überfordert
und ich finde keine Schuhe
seit sechs Monaten suche ich welche im Netz
ich bin erledigt
Du hasst dein Leben ein bisschen sage ich ihr
Und du hasst dein Nicht-Leben antwortet sie
Ich liebe es mehr als deine Maniküre entgegne ich
sie tippt auf ihrem Telefon
Also
ich habe einen *conf call* in 10 Minuten

versuch Pépou in Ruhe zu lassen
du bist nicht die Einzige auf Erden die leidet
sie will mich umarmen ich weiche aus sie seufzt und zischt ab

Post-it n° 49

It began when they come took me from my home
And put me in Dead Row
Of which I am nearly wholly innocent you know
And I'll say it again
I am not afraid to die

heute Abend ist Sabbat
ich habe den Wecker auf 3 Uhr morgens gestellt
wie üblich schläft Balec wie ein Stein
ich habe komplett angezogen geschlafen
vor der Eingangstür steht noch das Zeug
der Eimer der Kleister die Bürste die Rollen
die Nacht
ist mild

ich schnappe mir die IKEA-Tasche
das macht mehr Krach als mir lieb ist
in wenigen Minuten bin ich beim Sainte-Barbe-Platz
gut zwanzig Meter vom Café entfernt schlafen ein paar Männer
unter den Arkaden
ich lehne meine Trittleiter gegen das Schaufenster
leise packe ich das Zeug aus
zuerst die Rollen
den Eimer dann die Bürste
ich verteile den Kleister auf dem Schaufenster
des New York Coffee Shop
alles hier ist aus Plastik
um niemanden anstellen
und nicht in eine Spülmaschine
investieren zu müssen
selbst wenn man vor Ort konsumiert
ist alles Wegwerfware
die Latte Macchiato
der Cappuccino
der Ristretto
aus Plastik
die Löffel
aus Plastik
hinter dem Kleister und der Scheibe erscheinen die Sessel trübe
allein um die nicht mehr zu sehen
hat es sich gelohnt
von oben nach unten bringe ich meine Großformate an
4 A 1
zuerst die beiden oben

DAN

ich drücke die Blasen mit der Hand flach
unter mandelbitteren Kleistertropfen
brüllt ein Typ mir fällt eine Rolle runter
Heilige Scheiße
Scheiße
er lacht leise
ich warte zusammengekauert
er geht
schließlich
er meinte nicht mich
ich steige die Trittleiter wieder hoch
und beende meine Arbeit
das geht schnell war nicht mehr viel zu tun
ich trete zurück um das Ergebnis zu bewundern
setze mich unter die Arkaden

DAN
KE

steht auf rostfrei metallenem Untergrund
im Vordergrund
ein seltener Vogel
die glänzenden Federn wohl geordnet
der Bauch geöffnet
während behandschuhte Hände
eine Plastiktüte aus seinen
vielfarbigen Eingeweiden
hervorziehen
ich pack die Trittleiter und klapp sie knallend zusammen
ich zücke meinen Stock
meinen Zauberstab
mit einem Klack

er ist biegsam und von erfreulicher
Robustheit
schwinge ich ihn durchschneidet er surrend die Luft
bitch witch
perfekt
ich biege in die kleinen Fußgängerstraßen
spaßeshalber nach links nach rechts nach links
ich denke an die Zeichnung die meine Schritte in der Stadt hinterlassen
ich denke an den Verrückten
den ruhigen Verrückten
wie er seine Malvenspur in Zürich
auf einer Karte zeigt
das Spinnennetz
zunächst wollte er nur dass man in die Stadt kommt
und ein paar Malven da und dort wahrnimmt
bevor man auf ein Feld
mit Malven mitten im Zentrum treffen sollte
aber er hat nie den Platz
mit dem Malvenfeld
mitten im Zentrum gefunden
in seinem Kabuff
zeigt er uns Boxen und transparente Beutel
mit Disteln
Heckenrosen
Hagebutten
Kürbissen
Bohnen
Lauch
Die Kürbisse sagt er
es wäre schön wenn sie die Zeit hätten
in einer bewohnten Straße
aufzublühen

es geht nicht ums Pflanzen sondern Rekultivieren
ich nehme die Rue des Cages
die Stufen des prächtigen
Jardins des Artilleurs
der gelbe Stein reflektiert das Tageslicht
der Pissegeruch ist nachts noch
aufdringlicher
und mein Zauberstab surrt
die hübschen Kopfsteinpflasterstraßen
von SUVs besiedelt
- seit zehn Jahren
sind diese abscheulichen Geschosse
die zweite Ursache für den zunehmenden CO_2-Austoß -
ich weiß genau wo es langgeht
die Sackgassen die Gässchen
in der Gegend des Gymnasiums
wohnen nur wenige Menschen
dort ist es relativ ausgestorben
man rechnet dort nicht mit mir
jedenfalls nicht jetzt
ich kann jederzeit wegrennen
ich setze meine Schutzbrille auf
und mit einem kräftigen Schlag
explodieren
durch meinen Zauberstab Windschutzscheibe
Seitenfenster
es macht schlack
schlack
und schlack
all das
wird euch einen schönen Batzen kosten Freunde
manche halten Stand

in dem Fall habe ich keine Zeit
zu insistieren
lasse die gesprungene blau-milchige Windschutzscheibe
erstaunt zurück
ich muss schnell verschwinden
die anderen finden
der letzte ist ein brandneuer SUV
kohlrabenschwarz
ich habe fast Mitleid mit ihm
und ich zerschlage
Carglass repariert
Carglass ersetzt
ich fahre meinen Stab ein
klappe die Brille zusammen

in der Straße
bin ich die einzig Lebendige
ich zische ab
zerfließe

Post-it n° 50

I intend to be independently blue

auf dem Bildschirm gehen der junge Mann und die junge Frau
auf einem Friedhof spazieren
um im Sirenenlärm der Stadt
Holz zu sammeln
Dies hier ist ein Maulbeerbaum
bedeutet der junge Mann
der mit der Birne
er sagt
Es braucht zwei Jahre zum Trocknen
aber es ist gutes Holz
das hört man
wenn man es hackt
es klingt wie wenn Pins beim Bowling umfallen
noch mehr Sirenen
als er mit der Axt gegen das Holz schlägt
öffnet es sich wie eine Blume
er sagt
Das Holz erwärmt dich dreimal
wenn du es fällst
wenn du es spaltest
und wenn du es verfeuerst
klingt es hohl
wie brasilianische Trommeln
ist es trocken

Mich deprimieren deine Bildungsbürgerfilme sagt Balec
und klappt den Laptop zu
ich schaue ihn an ohne ihn zu sehen
er ist meine chronische Müdigkeit
ich schließe die Augen und stelle mir Fauteur neben mir vor

über uns hängt ein IKEA-Poster
New Yorker Wolkenkratzer

Post-it n° 56

Die Explosion selbst habe ich nicht gesehen. Nur die Flamme. Alles leuchtete ... Der ganze Himmel ... Eine hohe Flamme. Ruß. Schreckliche Hitze. Und er kam und kam nicht.

Swetlana Alexijewitsch, *Tschernobyl. Eine Chronik der Zukunft*

das eine Mal
vor ungefähr einem Jahr
kam Fauteur
um mich erneut bei Balec zu besuchen
das war 7 Tage
vor dem Feuer
ich sehe es noch vor mir
er ist pünktlich
immer pünktlich

das mag ich
in seinem marineblauen K-Way
seine Zähne entblößt
er wirkt aufrichtig
hätte ich nicht geglaubt
Komm rein
ich mach dir einen Pfefferminztee
er nimmt mich in die Arme ich verharre dort
ich zittere
entziehe mich ohne ihn anzusehen Warte ich setze Wasser
im roten Wasserkocher in Balecs roter Küche auf
ich muss ihm frisches Basilikum kaufen denke ich
er ist fast vertrocknet
der Wasserkocher macht Lärm wie ein Jacuzzi hindert uns am Reden
das dauert unendlich dann macht der Kocher klick
ich reiche ihm den Tee in einer roten Tasse am roten Tisch
wir sehen uns an und brechen in Lachen aus
Nett bei dir sagt er
Du bist bescheuert
Was hast du hier verloren fragt er
ich zucke mit den Schultern
Nach dem Tee könnten wir in den Wald gehen schlage ich vor
ich muss dir was zeigen
mir fällt es schwer ihm in die Augen zu sehen
er trinkt still seinen Tee
sein Blick ruht auf mir
er streckt sich wie eine große Katze man sieht seinen behaarten Bauch
wir wissen nicht mehr miteinander zu reden
Na dann ich ziehe mich für den Spaziergang um sage ich ich komme gleich
er folgt mir auf der Treppe nähert sich knetet meinen Hintern
schiebt mich ins Zimmer
wir schlecken uns ab den Mund das Gesicht

sinken aufs Bett mit der roten Tagesdecke
er schafft es kaum meine Knöpfe zu öffnen ich auch nicht wir lachen
er streichelt mich über der Unterhose gleich hebt sich mein Becken
ich habs vorausgeahnt trage eine ohne Flecken und Löcher
nun ist er in der Hose ich konzentriere mich um nicht zu schnell
zu kommen
mit ihm geht das immer so schnell
Merkst du merkst du wie feucht ich bin frage ich ihn
er nimmt sich Zeit erforscht tastet sich voran
er ist neugierig will es gut machen macht es gut
ich denke er macht es oft mit Oph und verliere den Faden
Komm ich will dass du kommst
sagt er
ich nehme den Faden wieder auf krümme mich langsam strecke mich
er lässt mich kommen
ich versteife mich fast zur Verkrampfung ich stöhne
mir wäre es lieber die Vorhänge zuzuziehen
die Nachbarn und Balec vielleicht
in der Nähe
ich streichle ihn immer immer schneller starre auf sein Geschlecht
gierig
ich recke mich auf seinem Bauch er reibt sich an mir er ist so
hart und gleitet sachte in mich hinein
sachte hin und her und jedes Mal ein Zweifel
jedes Mal bin ich überrascht
hin und her er kneift meine Brustwarzen
ich ändere den Rhythmus hin und her
bin außer Atem schmelze dahin
wir lachen
unsere Gesichter gegenüber seins leuchtet sein Mund
ist jetzt hart
ich denke an Pépou wie er die toten Blätter im Garten aufsammelt

ich gehe ihm zur Hand
ich in Hausschuhen und ich harke
er dreht sich plötzlich zu mir um und sagt
Sie hat nur noch ein paar Tage
Komm sage ich komm
Fauteur kämpft er wehrt sich er will es unbedingt
er presst die Zähne zusammen
ich will es oder ich hab es satt oder beides
Los flehe ich ihn an
er zuckt zusammen sagt Nein ich versuche gleichzeitig zu kommen
ein Stillstand dann bricht er auf mir zusammen
seine Axeln auf meiner Brust ihr vollkommener Geruch
wir atmen einfach nur
immer langsamer
die Wolkenkratzer von New York immer noch über mir

danach im Wald
ließen wir die Blätter rascheln streichelten die Bäume
teils weil man es so macht
teils weil wir es lieben
ich zeigte ihm die Müllabfälle
entlang der Wege
Schau
niemand versteckt sich
überall Müll
wir sahen

Restauranttische mit Speisekarten aussortierte Lampen
eine Adresse auf der Speisekarte
in Luxemburg
ganze Zwischendecken
leere
mehrere Kilo große Mehlsäcke
Farbeimer
neue
Einwegerfrischungstücher
eine Nachttischlampe
eine Espressomaschine
und dann Haufen unförmigen
Bauschutts der weiße Dämpfe abzusondern
schien
Die Schwester und ich
halfen während der Ferienlager in den Vogesen
bei der Blumenernte
ich sehe noch wie sie
orangene Blumen sammelte
manche sanft abknickte
die ließen sich pflücken wie dafür gemacht
und der Stempel blieb unbeschädigt
andere verloren dabei die Blütenblätter
für sie schließlich noch
viel heftiger
gepflückte Blumen in der Kiste sind
safrangelb anisgrün blaumarin
mit weißen Punkten
mit Fauteur im Wald
war das Einzige was man erblicken konnte
Müll
die militanten Gegner wilden Mülls in der Region

die aktivsten
wurden krank
es gab alles von Ekzemen
bis Krebs
es wird gemeinhin eingeräumt
dass diese Ecke die Müllhalde dieses Landstrichs ist
die Luxemburger die Deutschen die Belgier kommen
um ihre Scheiße hier abzuladen
es ist schließlich zur Gewohnheit geworden
Fauteur und ich haben Fotos gemacht für den Fall
sagten wir uns
dass es vielleicht eines Tages jemanden interessiert einen Journalisten
der sich in diese Gegend verirrt
einen Whistleblower
bereit Opfer zu bringen
wir machten Fotos und sprachen vom zweiten Feuer
nicht vom Feuerwerk
das wir eine Woche später abfackeln wollten
nein
ein neues Feuer
das nur uns gehören würde
unser Feuer
das wäre wahrscheinlich unsere letzte Aktion
danach
Ende

Post-it n° 60

Drohnen
die in die Handfläche passen
mit stacheligem Rosshaar auf ihren Plastikbäuchen
eingerieben mit flüssigem Ionengel extra stark klebend
an dem die flüchtig berührten Pollen haften bleiben
die Drohnen laden diese auf den weiblichen Blumen ab
etwas holperig
mit der Gefahr sie zu köpfen
unerfreuliche Begleiterscheinung
kein Honig

wieder an Fauteur denken
und mich zusammenzuckend
an meine alte verschlüsselte Mailbox
erinnern
PostCrypt
die ich vor vielen Jahren anonym
benutzte
grundsätzlich nicht zu knacken
als ich Fauteur begegnet bin
schrieben wir uns auf diese Weise
komplett verschlüsselte E-Mails

von svetla@postcrypt.net
an freude@postcrypt.net
damit Oph
nicht auf unseren Mailwechsel stößt
ich setze mich wieder dran
das zwanzigste Passwort
ist das richtige
ich sehe eine ungelesene Nachricht
in fett
die schon
ein paar Monate alt ist

Freitag 17. Februar 2017 03:47
Von: svetla@postcrypt.net
An: freude@postcrypt.net
Betreff: keiner

suche das Zitat
ich der gewöhnliche Mann
der graue Mann
ich bin freiheits-
liebend

das Zitat habe ich
auf Google gesucht
schnell habe ich begriffen
Fauteur
hat unser Feuer
nicht aufgegeben
das zweite
das letzte
ich habe Balec geschrieben dass ich krank bin
Grippe
er sagte Ich benötige eine Bescheinigung
gerade heute hätten wir dich gebraucht
die französische Mannschaft kommt vorbei
ich sagte ihm Ja ich schick sie dir
aber wir wissen beide
dass er sie nicht bekommt
Grippe ist gut er wird mich nicht berühren wollen
heute ist der erste Dienstag des Monats
der Tag des Kahlen in La Crasse
es geht über meine Kräfte
und Balec der nichts kapiert
der meinen Arm streichelt wenn uns niemand sieht
und mir zuzwinkert
und sein Mohn
über meine Kräfte
ich antworte Fauteur
auf PostCrypt

OK
Verstanden

ich gehe
direkt zur Markthalle von Fatz
trotz des Blutgeruchs
und der aufgehängten Schweineköpfe
zwischen dem Verkäufer italienischer Spezialitäten und dem Käsestand
Cuny
stoße ich auf Monsieur Rade
von der Vorbereitungsstufe der Parc
mein Ökonomieprof
wie immer in Tweed und Rollkragen
wie immer ein bisschen sehr gerade
sein militärischer Duft
geht ihm nach wie vor voraus
damals mochte er mich
damals war ich an der Hochschule Jahrgangsbeste
er sagte zu mir Sie werden auf die ENS gehen
damals war ich das erträumte unbeschriebene Blatt
eines jeden Profs der Vorbereitungsklasse
schweigsam eifrig zurückhaltend
wenn nötig mit etwas Humor in den Mündlichen
jedoch
ein Humor der passte
der den Profs sagte
Ich bin auf eurer Seite
aber euch auch unterlegen
Mademoiselle Mueller sagt er laut wie
im Scherz
die Handflächen geöffnet der Oberkörper leicht zurückgelehnt
Guten Tag
wie ist es ihnen seither ergangen
Guten Tag bitte Madame Mueller
Ah sie sind verheiratet herzlichen Glückwunsch

Nein
Schweigen
Also was folgte auf die Vorbereitungsklasse
in welche Richtung sind sie gegangen
Ich war auf der Wirtschaftsuni Reims
ein Albtraum
danach habe ich in der Kommunikation gearbeitet
ein bisschen aus Trotz
das war nicht besser
zunächst im Digital Marketing
keine Ahnung was mich geritten hat
dann in der Kulturkommunikation
ein unglücklicher Abstecher bei den *public relations* in Luxemburg
danach eine Depression ich habe aufgehört
jetzt mache ich Gelegenheitsjobs
und ich bin Aktivistin
ich versuche Sinnvolles zu tun
das wärs
Ah
sehr gut
ich verstehe
na dann
also viel Erfolg Mademoiselle
Schweigen
Jedenfalls haben Sie sich nicht verändert
ich meine äußerlich
na dann Ihnen alles Gute auf Wiedersehen
Auf Wiedersehen
Gerade
Rade
Monsieur Rade
er ist bereits weg

ungewöhnlich schnell
ich schaue seinem verlegenen Rücken nach wie er sich im
Käse-Aufschnitt-Lachen der Markthalle entfernt
Rade ist weit weg
ich schaue ihm immer noch hinterher
bis er verschwunden ist
ich breche in die andere Richtung auf

es gab Tage an denen Mémou
ohne es zu wissen
die Dinge zum letzten Mal tat
ihre letzte Mail
ihre letzte Kippe
ihr letzter Schritt
zum letzten Mal bürsten
ein letztes Mal *Que sera sera* singen
ein letztes Mal die Beine epilieren
die Nase putzen
husten
ich habe keine Spuren keinen Beweis
für die Existenz ihres Körpers
vielleicht habe ich meine Mutter
geträumt
vielleicht war ich diese ganze Zeit
wirklich alleine
ich wäre gerne Detektivin

ihrer letzten Dinge gewesen
hätte gerne die Dinge notiert und festgehalten
ihre Ankunftszeit
den Beweis dass wir doch zusammen
existiert haben
es gibt einen Beweis für ihr Gesicht - Porträts -
für ihre Schrift - Briefe Postkarten -
für ihr Verwaltungs-Berufsleben - Ordner -
es gibt den Beweis dass ihr Körper nicht mehr da ist
Kleider Ringe ohne Finger Beißschiene ohne Zähne
der einzige Beweis für ihren Körper ist
zu kostbar oder verdorben
Abfall
unter der Erde wie der radioaktive
ich hätte gerne
ihren Staub in den Tomaten gegessen
sie gekostet
alles mehr als das
diese geruchslose Omnipräsenz
ohne sie ist das Haus
wie mit Wind gefüllt

diese letzten Male
zwangen mir die ersten Male auf
die erste Nacht mit ihrem Tod
das Aufschrecken
die ersten Trauerkarten schreiben
die erste Mahlzeit allein mit Pépou
und das Geräusch seiner Zunge
das erste Mal dass ich den Film ohne sie sehe
dass ich die Sukkulente auf ihrem Nachttisch
an ihrer Stelle gieße

bis zu dem Mal an dem
ich nicht mehr gezählt habe

🔥

Montag 15. Mai 2017 12:27
Von: svetla@postcrypt.net
An: freude@postcrypt.net
Betreff: keiner

OK
wir sehen uns 30 Tage nach deinem Geburtstag
um 23:00
um zu feiern
Nummer 485207162-53784013
kannst du Kerzen
mitbringen
komme zu Fuß
wenn ich mehr als 15 Minuten zu spät bin
warte nicht auf mich
ich denke an dich

ich treffe mich mit Mamipié in der Stadt
ich folge den Jahreszeiten
des Konsums nicht mehr
die neuen Schaufenster
wenden sich nicht an mich
Einkäufe zu Schulbeginn - Halloween - Weihnachten - Silvester -
Wintersport
- dann ab Frühling - Ostern - Sommerferien - Einkäufe
nach der Sommerpause
ich bin total arhythmisch
der Stadt grundsätzlich
entfremdet
Zyste
Polyp
ihre Zeitenwechsel
gehen an mir vorbei
sie spuckt mich aus
Mamipié wartet schon
in ihrem Lieblingsteesalon
La Miraine am Platz Saint-Thomas
unter den Arkaden aus gelbem Stein
eine Fensterscheibe ist gesprungen
aber sie will trotzdem dorthin
aus Gewohnheit
sie haben sie mit Pappe abgedichtet
die Fensterscheibe
Man spürt den Durchzug kaum man vergisst schnell sagt sie
Für dich würde ich sogar im Trump Tower einen Kaffee trinken
antworte ich
bei La Miraine einen Kaffee zu trinken

ist wie in den Achtzigern mit Puppengeschirr zu spielen
hier
ist alles etwas angeschlagen
alles ist braun und beige
überall unterschiedliche Katzenfigürchen
selbst die Kuchen sind braun
die Bedienung ist unfreundlich
und Mamipié sehr unterwürfig
sie kommt gleich zur Sache
Meine Enkelin kehr zurück an unsere Seite
ins Leben
du fehlst uns
ich die ihre Tochter verloren hat darf das jetzt sagen
mir ist es gelungen
ich versuche es
zurückzukommen
zwei Jahre ist es schon her zwei Jahre
schon
du
du hast dein ganzes Leben vor dir
du kannst dir so vieles aufbauen
du kannst lieben und geliebt werden
demnächst ist die Hochzeit deiner Schwester
wer weiß vielleicht triffst du dort jemanden
und während Mamipié Standardsätze
aneinanderreiht
frage ich mich
wo die
Goldnuggets sind
wo kann ich
das Licht anschalten
wenn nicht

in dem was ich im Begriff bin zu tun
sie sehen trotz allem es versuchen
- sie ist die Einzige -
die mich dazu bringt
für einen kurzen Moment
etwas runterzukommen
sogar zu landen
in ihrem Theaterstück mitzuspielen
ich sehe wie ihr leichtes Doppelkinn bedeckt von Flaum
weiter zu mir spricht
ich schaue sie sanftmütig an um sie nicht zu verletzen
sie muss glauben dass ich ihr zuhöre
dass ich an ihre Seite zurückkehre
zurück ins Leben wie sie sagen
Mamipié scheint vergessen zu haben
dass ich nie wirklich dort angekommen bin
30 Tage nach meinem Geburtstag
das ist bald
das ist der Hochzeitstag Der Schwester
Oh bevor ich es vergesse sagt Mamipié
und zieht eine Schachtel aus ihrer Tasche
Deine Schwester hat mir das für dich mitgegeben
Vitamin D

Montag 15. Mai 2017 18:32
Von: freude@postcrypt.net
An: svetla@postcrypt.net
Betreff: keiner

OK
kanns kaum erwarten

die junge Frau aus dem Film
fehlt mir
die mit den Augenringen
mit dem unendlich sanften Blick
die die in einem großen Haus wohnt
auf dem amerikanischen feuchten
Land
die Holz sammelt
Blumen pflanzt
Obst und Gemüse anbaut
zusammen mit ihrem Partner
der Mann mit der Birne
er war unser Freund
von Mémou und mir
jetzt ist alles
anders

ich erinnere mich wie sie
Bohnen an einem Rankengitter
Samen und Wurzeln beim Trocknen
zeigt
man könnte es für Algen oder Korallen halten
sie sagt
Dieser Samen wird nicht keimen
er wird niemals reifen
er wird auf dem Kompost landen
eine Pause in seinem Zyklus
ein schöner Ort um sich auszuruhen
dieses Rankengitter
mit Blumen für Balsam
Tees
Cremes
und Samen des Schlafmohns

Weißt-schont ist bereits durch
er hat gerade seine Rede beendet
er hat so geweint
er konnte nicht zu Ende reden
all die lächelnden Gesichter
jeder war dermaßen
gerührt
- ich hätte nicht kommen sollen -
ich fast auch

er nimmt mich in
seine schlaffen Arme
sehr fest zu fest
als ob er es bereits wüsste
auch er ist so ein Intensiver
ich schaffe es nicht ihn ganz
zu hassen
- ich schaue auf die Uhr -
die Dekoration
ist ausnehmend geschmackvoll
hätte Mémou gesagt
die blauen und gelben getrockneten Blumen
die Schönschrift
die melierten Windlichter
sogar die tunesischen Kilims
die Lampions aus Chinapapier
- ich schaue auf die Uhr -
alle würden gerne anfangen zu essen aber
wir placken uns
mit einer Parodie von Wer wird Millionär ab
einer der beiden Trauzeugen
der Ansager
ist ziemlich gestresst
er scheint um sein Leben zu laufen
- ich schaue auf die Uhr -
unter dem Druck des *wedding planner*
und nur zu rennen
der Trauzeuge
im unter den Achselhöhlen verschwitzten Anzug
nimmt Frage n° 18 in Angriff
in einem
zunehmend

betretenen Schweigen
- ich hätte nicht kommen sollen -
In welcher Stadt hat unser lieber Marc seinen Abschluss gemacht
A. Luxemburg
B. Genf
C. Montcuq
D.
der Wein
ist köstlich
ich bemühe mich
seit dem Nachmittag
in beständigem Rhythmus zu trinken um es auszuhalten
ohne komplett blau zu sein
bis jetzt
habe ich mich
nur einmal übergeben
gleich nach
meiner Rede
A. Luxemburg
Bravo der Punkt geht an Jean-Jacques
ich hätte nicht kommen sollen ich schaue auf die Uhr
erhebe mich plötzlich
stoße mein Rotweinglas um
Pardon
alle blicken gleichzeitig zu mir
ich flüstere ins Ohr Der Schwester
Entschuldige ich muss gehen
ich erklär‘s dir später
sie weicht zurück ich war zu laut
zu nah
werfe ihrem scheinheiligen Gesicht ein Lächeln zu
bevor ich meinen Kopf

wortlos
wieder der Leinwand zuwende
ich stürze nach oben ins Zimmer der Eheleute
ich wühle in der Handtasche Der Schwester
nehme ihre Autoschlüssel an mich
tausche ihr Handy
gegen meins aus
- auch Zwillinge -
stecke ihre Packung Temesta ein
gehe auf Zehenspitzen die Treppe runter
der rote Teppichboden dämpft alles
im Hof
lade ich das Zeug aus meinem Wagen in ihren
mechanisch
das dauert nicht lange
ich steuere auf die Autotür zu
höre nicht weit entfernt ein Husten
ich gehe um das Gebäude herum und sehe
Die Schwester alleine an die Mauer des Festsaals gelehnt
eine Kippe rauchen in ihrem Kleid
Laure de Sagazan
wenigstens war sie so anständig
keinen Schleier zu tragen
das Spiel muss zu Ende sein
sie hat es geschafft sich zu verdrücken
es ist 22:17
in wenigen Minuten gibt es den Kuchen
ich nähere mich ihr
sie sieht mich nicht
Die Schwester sieht traurig aus denke ich
Du siehst traurig aus sage ich
sie sieht mich an

sagt nichts
ich zögere aber
ich nehme ihre Hand
schwer wie die eines Toten
ich streichle ihre Nägel
übrigens aus weichem Plexiglas
wir berühren uns nie
jetzt
lässt sie es zu
meine Hand zittert
die Luft die wir atmen
schmerzt uns in der Lunge ich drücke
ihre Hand
sie zieht sie barsch zurück
Du riechst nach Alkohol sagt sie
und nach Kotze
glaubst du nicht fährt sie fort
glaubst du nicht dass du uns
allen
die Ehre erweisen könntest
nur für ein paar Stunden
deine Lustlosigkeit zu verbergen
deinen Missmut
deine überhebliche Art
kenne ich alles nur zu gut
deine Zwischentöne
deinen ewig ironischen
Mundwinkel
ich sage Aber es ist nichts
Alles stinkt unterbricht sie mich
dein Hass
auf unsere Entscheidungen

deine permanente
Verachtung
wenn Mémou noch da wäre sie hält inne

wir sind wahre Zwillinge

ich versuche wieder ihre Hand zu nehmen
sie schluchzt still
ihr Kopf wie vom Körper abgetrennt
auf einer beängstigenden
Achse ruhend
ihr Rücken durchgedrückt
mit übermenschlicher Kraft
um mich nicht mehr zu sehen
mich nicht zu erahnen
dann sieht sie mich an
mit ihren schlangengrünen Augen
Es geht nicht immer nur um dich schließt sie
und zertritt ihre Kippe wie eine Schabe
Ich muss wieder rein
sie geht und es ist
als wäre sie nie da gewesen
nur ein Geruch
Marlboro und Miss Dior Chérie
ganz anders
als meiner
ich speichere ihn mit jedem Atemzug
ich weiß nicht
ich bin noch da von Weitem höre ich Pépous
stockende Stimme
Fauteur
ich stelle ihn mir

in Unterhose und Artengo-Socken vor
im Bérurier-Noir-T-Shirt
so wie ich ihn kenne
ich frage mich ob er früh dran ist
ob er gegessen hat
ob er es dorthin geschafft hat
ob er denkt dass ich nicht
komme
im Festsaal läuft jetzt Musik
die Bässe lassen die Blätter des Buschs vor mir erzittern
ich werfe einen letzten
Blick rundum
gegen meine Übelkeit bringe ich mich zum Übergeben
hole Luft
trinke einen Liter Wasser
schlucke zwei Temesta
setze mich in den Mini Der Schwester
im Radio läuft sehr laut zu laut
ein musikalischer Brei ich schlage mit der Handfläche
auf den Touchscreen
ich gebe die Koordinaten von Fauteur ins GPS
notiert auf einem zerknüllten Zettel
ich schlage noch mal auf den Touchscreen
das Radio geht aus

ich müsste
im Kopf
den Ablauf nochmal wiederholen
aber ich schaffe es nicht wirklich
das Ziel
in Etappen zu zerlegen
sie überlappen sich
geraten durcheinander
jede Idee verblasst
gerade geboren ich sollte nicht
wieder
daran denken
was die junge Frau
im Film sagt
die mit den Augenringen
mit dem unendlich sanften Blick
die Freundin die ich ausgesucht habe
die in dem großen Haus
auf dem amerikanischen feuchten
Land lebt
Holz sammelt
anbaut
sie sagt
Das Herzstück von allem
ist der Kompost
die Frage ist
zu welchem Zeitpunkt genau
das Unerwünschte
wünschenswert wird
die junge Frau sagt

die junge Frau die ihre Mutter verloren hat sagt
Dieses Gemüse
diese Tomate
befindet sich am äußersten Rand der Wünschbarkeit
aber in wenigen Wochen wird es am Tiefpunkt sein
dennoch wird das nicht das Ende sein
sie wird die Erde umgraben
irgendetwas wird daraus erwachsen
an dieser Stelle des Films
tritt ein sehr langes Schweigen ein
eine lange Großaufnahme
vom Gesicht der Frau
die wieder anfängt zu sprechen
als würde sie sich entschuldigen
sich entschuldigen aufgewühlt zu sein
sie sagt
das hat ihr geholfen
zu sehen wie dieser Zyklus abläuft
zu verstehen
und sie fährt fort
sie sagt
Für mich
meine Mutter
die Städte
egal was
ich weiß nicht wie man alles verstehen soll
ohne die Idee
zu umarmen dass der Tod
dass er nicht etwas
so Schreckliches ist
im Gegensatz zu dieser jungen Frau
kenne ich weder

die Namen der Bäume
noch die Namen der Blumen
ich kann auch
die Pflanzen
nicht benennen
ich kann sie weder zum Wachsen bringen
noch sie am Leben erhalten
ich halte sie nicht für heilig
ich hätte mir nur gewünscht
mich besser auszukennen
mit diesem Leben da
ich weiß nicht ob die Bäume am Straßenrand
Platanen sind
wahrscheinlich
Buchen
die die Straße mit einer solchen Präsenz säumen
eine unmittelbare Gefahr
mein Herz das ist Techno
wenn
ja
kenne ich einen Baum
ich habe auf Wikipedia
einen Artikel
über Hapaxanthe-Pflanzen gelesen
den Tachigali versicolor
zum Beispiel
auch Selbstmordbaum genannt
der aus Mittelamerika und Südamerika kommt
dieser Baum
blüht und trägt Früchte
nur einmal
bevor er stirbt

im Jahr der Blüte
stirbt der Tachigali
und fällt um
ich trage das Festkleid aus Polyester
das ich online gekauft habe
es steht mir gut ich glaube ich habe eins gewählt
das dem Der Schwester ähnelt
ich habe mir einen Dutt gemacht
wie sie
ich habe mir ihren Personalausweis genommen
und in ihrem Auto
fahre ich nach Boudin
bin ihr zum Verwechseln ähnlich
seit zwei Tagen
habe ich kein Ekzem mehr
die Polizisten werden
nur Feuer sehen
wenn sie mich anhalten
bin ich Die Schwester
sie werden denken
dass ich eine Braut bin die ihre Meinung
in letzter Minute geändert hat
das Zippo rutscht die ganze Zeit
auf dem Armaturenbrett
hin und her
ich müsste
im Kopf
den Ablauf nochmal wiederholen
aber Fauteur
Fauteur wird ihn mir ins Gedächtnis rufen
es ist dunkel geworden
der Himmel nicht gänzlich schwarz

meine Hände feucht
sind die Hände Der Schwester
sind ihre Hände manchmal feucht
unter der Maniküre
aber ich habe auf jeden Fall
ich habe im Netz
die am wenigsten von der Polizei
überwachten Straßen
ausfindig gemacht
aber nichts ist identisch
nichts ist gleich
das GPS sagt dauernd dass ich umkehren soll
es gibt diesen Acker
am Ende des Feldwegs
der zum Wald führt
ich biege ein
verlangsame
rechne jederzeit damit dass meine Scheinwerfer
über Fauteur hinweggleiten
es ist holperig
ich mache mir Vorwürfe
wegen Pépous Auto
ich hoffe er verzeiht mir
im Rückspiegel sehe ich mein
Ich-sollte-nicht-hier-sein-Gesicht
als die innere Hitze
das Zittern
das Hämmern des Herzens
zu heftig werden
verlangsame ich nochmal
kein Fauteur
im Scheinwerferlicht

ich bin da
ich glaube ich bin da
ich weiß nicht mehr
ich müsste es wiederholen
ich stelle den Motor ab
Fauteur ist nicht da
ich möchte am liebsten laufen
genussvoll den Schlamm unter den Stiefelsohlen
spüren
die kleinen hervorstehenden Steinchen
wie heilsam das knirschende Geräusch ist
oder barfuß auf nasser Erde gehen
warum nicht
es ist sehr mild
unerträglich
mein Herz
zu hören
meine Atmung
Fauteur wird zu Fuß
kommen
er ist bereits
zwanzig Minuten zu spät
ich muss
ich lass den Motor wieder an
ich steige aus
hole das Stativ aus dem Kofferraum
stelle es problemlos
vor meinem Auto auf
- muskuläres Gedächtnis -
drei Meter vor dem Auto
platziere ich mein Handy
Facebook

Videoaufnahme
- ich schaue auf die Uhr
25 Minuten Verspätung -
ich sage was ich zu sagen habe
ich erfinde
ich höre nichts
ich sage es das ist alles
ich kehre zum Auto zurück
setze mich rein und verschnaufe mit geschlossenen Augen
ich versuche an etwas zu denken
an Dinge in der richtigen Abfolge
und wenn er festgenommen wurde
die Spur wird schnell zu mir führen
sehr schnell
aber wenn er nicht gekommen ist
wenn er nicht gekommen ist dieser kleine
Sohn der kleinen
Scheiße
ich schluchze
eine zitternde Einatmung dann
drehe ich das Fenster ein paar Zentimeter runter
verriegele das Auto bip
werfe die Schlüssel aus dem Fenster
überklebe die Entriegelungstaste auf dem Armaturenbrett
nicht unmöglich es abzuziehen
aber nicht schnell genug
wo ist das Zippo abgeblieben
irgendwo
da
der rote Kanister
ist gut verstaut unter meinem Sitz
ich beuge mich vor und krieg ihn zu fassen

schraub ihn auf
über das Lenkrad gebeugt
atme ich diesen letzten wunderbaren
Geruch ein
so tief dass meine Lungen zu zerfließen drohen
ich halte die Luft an
lange
ich lasse los

das Video
haben 11.236 Leute live gesehen
2.351 ich liebe es
498 ich mag es
893 haha
225 wow
568 heul
1.002 grrr
und zeigt
eine junge Frau im Festkleid
sie zieht es mechanisch hoch
zerknüllt es in ihren Fäusten
eine zu oft gesehene Handbewegung um sie nicht nachahmen
zu können
ihre dünnen Arme
ihr aufrechter Körper
als drückte jemand einen Revolver

in ihren Rücken
sie sagt
Ich bin am Waldrand von Ledoux
wenige Kilometer von Boudin entfernt
was ich jetzt tue
tue ich für uns
ein großes Uns
jeder der möchte
kann zu diesem Uns gehören
damit man uns zuhört
damit man uns glaubt
sie atmet schwerfällig und wendet den Blick ab
Wir waren friedfertige Aktivisten
dann hat man uns verstümmelt
hat eine Sache verstümmelt
die einzige wertvolle Sache
man hat unsere Geschichte
in eine Geschichte von Chaoten verwandelt
unsere Geschichte
auf unserem
hinter unserem Rücken
was ich tue
ist der einzige Weg
der einzige Weg
die Aufmerksamkeit auf unseren Kampf zu lenken
mit jeder Zerstreuung
jeder Empörung
zu konkurrieren
die unsere Pupillen
verschmutzen
sie lässt das Kleid los
Ich weiß nicht

ich weiß nicht mehr was ich sagen soll
interessiert euch
lest
es wurde alles geschrieben
steht auf
macht den Mund auf
erhebt eure Stimmen
lehnt euch auf

sie hält inne
schaut um sich
sie will etwas hinzufügen
es wäre noch so viel zu sagen
dass nichts mehr zu sagen ist
sie sagt nichts
das rote Auge des Handys
das Auge das nie blinzelt
ist auf das Auto gerichtet
die junge Frau nähert sich ihm mit schnellem Schritt
setzt sich
wirft den Kopf in den Nacken
fixiert uns
eine Haarsträhne hat sich gelöst
sie verbirgt die Hälfte
ihres Gesichts
sie tastet das Armaturenbrett ab
breitet ihre Hände aus
phosphorezierende Schwimmflossen
als wolle sie Klavierspielen
ein schrilles
rhythmisches Stück
sie sucht etwas

ihre rechte Hand bewegt sich plötzlich
greift nach etwas das weiß glitzernd
im Objektiv erscheint
dann sinken ihre Hände
vermutlich in ihren Schoß
sie fixiert uns wieder
aufrecht
für einen Moment
und murmelt
stammelt
etwas
etwas Dringliches
Quälendes
mit Blick auf das rote Auge rezitiert sie
murmelt
oder singt etwas
beugt sich vor
als habe sie Schmerzen
richtet sich wieder auf
ihr Gesicht nun
wie ausgewechselt
sie kippt etwas aus
nein sie gießt
sie gießt eine braungelbe Flüssigkeit über ihr Kleid
eine Spur auf dem gerade noch makellosen Stoff
auf ihrer Brust gut sichtbar
die Flüssigkeit läuft aus einem roten Kanister
ihr Blick geht
nach vorne
scheint sich an das Auge zu heften
an die tausenden Augen
die sie auf sich gerichtet hofft

während sie weiter etwas murmelt erleuchten plötzlich ihre Pupillen
glühen orange
funkeln zunächst
in zarten Wellen
mit denen sie erst mitgeht
dann torkelt
als wolle sie tanzen
sie beginnt zu schlagen
auf das Lenkrad zu schlagen
mit ihren Händen
man könnte meinen
sie folge
dem Rhythmus
ihrer Hände
und ihres Kopfes
sie schlägt
gegen das Lenkrad
gegen die Scheiben
man möchte den Blick abwenden
man glaubt eine Flut zu hören
die Windschutzscheibe trübt sich ein
verrußt teilweise
nimmt uns den Blick
auf die weißen Arme und das versengte Kleid
eine Woge schwillt zu
einem zitternden Strudel an
der sich mit der Luft verbindet
mit der Materie
Helligkeit erfüllt das Wageninnere
am Waldrand
der Rauch
verbirgt die Grimasse

das Licht
zerfließt zu Feuer
dehnt sich in Wellen reinen Lichts
und blauen Flimmerns aus
die junge Frau nunmehr ein brennendes Herz
ein finsteres Canopée
Prasseln und Druckwellen
schlagen die Insekten in die Flucht
lassen die Kriecher sich verkriechen

eine schwarze Wolke
verdunkelt den Bildschirm für einen Moment
ein Vogeltier flieht
ein Rascheln
dieser Tag bricht
zu früh an
und wie bestürzt ist eins
das fliegen muss

Ich möchte vor allem Alex und Aida, meinen Eltern, meinen Brüdern und ihren Partnerinnen für ihre Unterstützung und Ermutigung danken. Mein Dank gilt auch den Lehrenden und Studierenden des Masterstudiengangs für Kreatives Schreiben von Paris 8, vor allem denen, die mir ihre erhellende Meinung zu diesem Buch mitgeteilt haben:
Anouk, Julie, Léna, Nicolas, Pierre, Sébastien, Sophie.
Ein besonderer Dank all denen, die mich in dieser intensiven und bewegenden Zeit so oft in Paris aufgenommen haben.
Ich bedanke mich auch bei Sébastien B., Charlotte, Sakina, Mathilde, Matthi, Fanny, Victoire, Marine, Kika, Agathe, Magali, Johanna und Maxime.
Ich danke Nicolas Humbert, dem Regisseur von Wild Plants, *für seine wunderbare Dokumentation.*
Ich danke Lionel für sein Vertrauen.

Zitatnachweis Seite 119:
Swetlana Alexijewitsch, Tschernobyl. Eine Chronik der Zukunft,
Suhrkamp Verlag 2019, S. 19

Aus dem Französischen von Isabel Kupski
Lektorat: Helge Pfannenschmidt
Umschlaggestaltung und Satz: Kraft plus Wiechmann, kplusw.de
Druck und Bindung: BALTO print, Vilnius
ISBN: 978-3-942375-70-2
www.edition-azur.de